读者丛书
DUZHE CONGSHU
国家记忆读本

# 遇见你，真好

读者丛书编辑组 / 编

读者出版传媒股份有限公司
甘肃人民出版社

**图书在版编目（ＣＩＰ）数据**

遇见你，真好 / 读者丛书编辑组编. -- 兰州：甘
肃人民出版社，2019.3（2020.7重印）
（读者丛书. 国家记忆读本）
ISBN 978-7-226-05425-3

Ⅰ．①遇… Ⅱ．①读… Ⅲ．①散文集－中国－当代
Ⅳ．①I267

中国版本图书馆CIP数据核字(2019)第038776号

总 策 划：马永强　李树军
项目统筹：李树军　党晨飞
策划编辑：党晨飞
责任编辑：张　菁
封面设计：久品轩

**遇见你，真好**

读者丛书编辑组　编

甘肃人民出版社出版发行

（730030　兰州市读者大道 568 号）

永清县晔盛亚胶印有限公司印刷

开本 710毫米×1000毫米　1/16　印张 15.75　插页 2　字数 230 千
2019年3月第1版　　2020年7月第4次印刷
印数：14 031~23 090

ISBN 978-7-226-05425-3　　定价：32.80元

# 目 录
**CONTENTS**

1

# 和你赛跑的不是人

罗振宇

互联网的出现，是科技进步的结果，但同时也是人类的一次大灾难——失业。许多行业已被替代，就业的出路在哪里？

## 人类进入失业模式

我们这一代人可能会面临很严重的失业情况。有人说经济不景气，有人说产业结构不合理，有人说这个社会太不公平，还有人说这是中国教育的失败，等等。这些分析也都有道理，但是直到我看了一本叫《与机器赛跑》的书后，才觉得实际情况可能不像表面看起来这么简单。

我们在谈论中国大学生失业的时候，通常忘了失业是一个遍及全球的现象。比如说奥巴马开始他的第二个任期的时候，外界都在估计美国应该会创造很多就业岗位。实际数字一公布，大家傻眼了，才创造了 13.5 万人的就业岗位。这是什么概念？就是美国当月创造的就业岗位数连美国平均新增的人口都没有赶上。欧洲就更糟糕了。你到西班牙去看，满大街的年轻人，基本上都没工作。

这不是一次通常意义上的失业，这是一次可能给一代人的命运带来巨大转折的空前的经济、社会乃至政治的危机。

## 互联网正在带来的冲击

很多人对互联网这种技术其实还在掉以轻心。比如说传媒学界，很多人都在说："不要动不动就讲什么传统媒体要死，你们干新媒体的人不要总说你们老东家的坏话。"

但是我们要知道互联网根本就不是什么新媒体，互联网是母媒体，所有原来的媒体样式要换一个地基重新运行。不管你是什么样的传统媒体，你必须把自己的每一根血管、每一块血肉在互联网这个基础上搭建起来才能获得新生。所以我们不管对传统媒体用的词是消失也好、转型也好，最终描述的都是同一个现象，你如果不去应对互联网这个全新的技术，那就死无葬身之地。

人们对互联网长期以来有一种低估的态势。很多人觉得互联网就是玩闹嘛，你看小孩去网吧玩游戏、发 QQ、聊微信，这不就是玩闹吗？对产业能有那么大的影响力吗？

话说 2004 年有两位经济学家，他们当时也意识到互联网可能会给人类的就业带来一次大冲击。他们说趁这个冲击没有来的时候，我们先排排坐吧，看看哪些产业会被冲击，哪些产业相对安全。他们觉得那些简单劳动可能够呛，比如说写代码、大规模的运算，这些职业都不太安全。

而他们认为稳定的职业是什么？他们举了一个驾驶的例子。开车这个事是不好开玩笑的，一个人在开车的时候必须眼观六路、耳听八方，接触、处理的信息是海量的，所以开车这种事情互联网暂时是搞不定的。我们不知道 2004 年经济学家们在说的这个"暂时"是多久，6 年之后，谷歌就在官网上宣布他们在技术上已经成功实现了无人驾驶。这个无人驾驶汽车在美国几个州已经跑了十几万英里，唯一的一起交通事故是人开着车撞了它。那就证明这个技术已经很成熟了。给汽车装上各种传感器，增加运算速度，每秒 20 次探听周围所有移动物体的状态，然后反馈到电脑的中枢，控制车体的运行。这就是计算能力、网络能力和各种各样的技术能力进步的结果。

当无人驾驶真的实现之后，我们可以判断一下它对人类的就业会有什么影响。你可能会想，司机这个职业可能要消失。没错，判断正确。还有呢？我曾经问过一些企业家朋友，我给他们出个题目，假设无人驾驶汽车在中国普及，会对整个汽车行业产生什么样的影响呢？大家都说，无人驾驶汽车意味着我没有驾照也可以买汽车啊，所以汽车的销量会上涨。

我说，恰恰相反，汽车的销量不仅不会上涨，也许汽车作为一个大类的、耐用的和高价的消费品反而会彻底退出消费者的清单。但其中不包括像玛莎拉蒂、迈巴赫这种有收藏价值的奢侈品类的汽车。只有普通老百姓代步的那种汽车也许会退出消费者的清单。

此话怎讲？你想象一下，假设现在满大街都是无人驾驶汽车，我们在智能手机上下载一个 APP，就可以在手机上预定一辆汽车，要求无人驾驶汽车在什么时间、到哪儿来接我，把我送到哪儿，等我下车，汽车就可以去接下一个客人了。所以无人驾驶汽车的普及很可能不是增加了汽车的私人拥有，而是让汽车进入一种共享经济的状态，让它变成一种公用的出租品。

假设我的这个推论是对的，那结果就是现在的汽车产业里面有半壁江山将会在无人驾驶汽车普及之后受到巨大影响。哪半壁？就是所有汽车公司里面搞销售的、搞品牌的、搞市场的、搞客户俱乐部的，所有的营销渠道，4S 店汽配、维修和保险。这是一个多么庞大的产业群落啊。

我们以为互联网的浪潮对就业的冲击是"随风潜入夜，润物细无声"，相对来说是比较温柔的一刀。但是现在看来，更可能是惊艳的一枪，直接要把这个社会扎出一个窟窿。所以不仅仅在六七年之前我们绝对低估了互联网，就算现在我们仍然可能低估了互联网。在很多领域，比如说无人驾驶汽车、翻译、医学技术资料和法律文书的处理等方面，计算机正呈现出越来越强悍的对人工的替代能力。

20世纪初，著名经济学家凯恩斯讲过一句话，他说有一个词现在还不太著名，但是未来你会越来越多地听到它，它叫技术性失业。我们人类用聪明才智发明的这些技术，反过来会导致我们失业，这是一个越来越清楚、越来越壮大的趋势。听着一百多年前凯恩斯讲的这句话，再想想现在我们自己从魔瓶里放出的互联网这个比以前所有的技术都要强悍无数倍的新东西，你不觉得这是一个真正的恐怖故事的开始吗？

可能有人会问，你怎么把技术进步的前景描述得如此漆黑呢？难道技术进步不是人类经济繁荣的一个最基本的因素吗？没错，其实人类恰恰经常犯一个相反的错误，就是低估技术的作用。比如说克林顿刚就任总统时召集一帮经济学家来讨论经济问题的时候，大家都没有提到互联网。这说明我们人类经常在固有的格局和资源里想经济发展问题，所以我们总是忧心忡忡。可是人类一次又一次地用我们的聪明才智打破了现在的资源格局，让资源重新呈现它的版图，实现经济的繁荣。

但是技术会带来灾难性的失业和经济的悲剧，这两个结论之间不矛盾吗？

不矛盾。因为我们通常习惯于用平均数或者总量来衡量经济的发展，可是关于社会的稳定、个人的幸福，有的时候总量或者说平均数这个概念是不足以说明问题的。这时说明问题的其实是中位数这个概念。什么叫中位数？比如说我们一屋有5个人，其中有有钱的、有没钱的。平均数是把大家所有的财富加一块儿除以5，而中位数则是指我们这5个人当中，谁的财富状况正好处于中间，比他富有和比他穷的人正好都相等，这个人的财富水平我们称之为中位数。

那它跟平均数这两种测算方法有什么区别呢？比如说我们5个人正在屋里喝酒，突然门开了，马云进来了，他是巨富啊。他进来之后你再算平均财富，这一数值突然暴增。可是对我们原来这5个人有什么意义？我们该怎么穷还怎么穷，马云又不会把他的钱分给我们。所以虽然平均数增加了，但这个屋子里的中位数水平几乎没有发生变化。所以经济发展是一个总量和平均的概念，而社会财富分布则是一个中位数的概念，这就造成了我们刚才说的那一堆矛盾。

过去十几年间，美国经济在互联网和其他新技术的推动下暴增了几万亿美金。可是美国人家庭平均收入的中位数在过去的10年是不升反降的。什么原因？因为机器冲进来替代了我们大量的工作。

比方说现在那些如雷贯耳的大公司，它们创造了巨大的财富，可是它不招人啊。著名的维基百科，我看到的员工数是57个人，里面还有好多人是律师。

我们再看2012年全球市值最高的苹果公司。美国本土4万多人，全球也就6万人。而1960年美国当时最大的公司通用汽车在美国本土有60万人。换句话说，即使公司规模一样大，现在的公司利用新技术，只需要原来的1/10甚至更少的员工就可以创造出那么大的一个企业。原来那些人去哪里呢？当他们失业之后，如果没有为这种新技术闯入之后的社会结构去创造新的就业岗位，那社会动荡、社会财富分配不均衡不就是一个近在眼前的事情吗？

这其实并不奇怪，因为人类历史上反复出现过这种场景——当新技术出现的时候，原来产业部门里面的就业人员被大量地挤出。比方说1800年，美国90%的美国人都是农民；可是到了1900年，美国只有41%的人还在田间地头刨生活。今天美国只有不到2%的农业就业人口，而且这个数字还在下降。也就是说，200年的时间，几乎全美国的人都从农业这个部门被挤出。

可是要知道，在前几轮的技术对人的就业岗位的替代当中，我们有时间啊，农业是用了200年才把人挤光。可这一次会不一样。因为互联网这个技术太狠了，它挤出就业人口的速度也许会超出我们的想象。所以，也许我们要用一代人的生命把从失业到重新找到工作的这样一个艰难的历程全部承担起来。

## 互联网时代的就业趋势

这一轮危机不同以往。在未来就业方面，几乎没有什么领域是绝对稳定的，那怎么办？

第一点建议，放弃追求地位，转而追求联系。未来你要到哪找工作？不要按照工业社会给我们划定的那个社会结构往金字塔的更高处爬，因为那个高处也许会被"大水"冲掉。

比如说高考刚结束，有人在微信后台跟我讲他有个学理科的侄女，家人逼她去一个正规的本科大学学机械制造。我说："这个机械制造不好，3D 打印机出来，机械制造这个专业也许会被淘汰。"他说："那你说学什么呢？"我说："这个孩子对什么感兴趣啊？"他说："就爱吃。"我说："那你就让她学大厨去。"他说："那她家人可能接受不了。"对呀，大家都觉得厨师好像社会地位比较低，怎么能让孩子选择这样的工作呢？

我看恰恰相反。你看那中餐大厨经常说酱油少许，这个"少许"就很复杂，是一个非常复杂的模式识别的工作。再比如说花匠，你看着好像是很低端的工作，但是这么多花草、这么多形状，不同的病变、不同的生长周期，花匠的模式识别也是极其复杂的，这恰恰是机器暂时替代不了的。

还有一种工作，那就是和人与人之间交流相关的工作，是机器替代不了的。比如说护士，我大病初愈，刚做完手术，被推到病房里，你派个机器人，弄个金属手在我身上乱摸乱碰，这算什么？我需要的是一个穿护士制服、长相美丽的女护士进来对我嘘寒问暖。

维持人和人之间联系的工作，未来恰恰可能不会被替代，而那些社会地位在原来的工业社会当中比护士要高得多的医生反而很可能要被替代。

第二条路叫放弃追求效率，转而追求趣味。让每一个小群体靠兴趣、价值观、心灵的追求和趣味的表达整合起一个一个小而美的商业形式，这就是未来人不会被机器替代的那些岗位群聚的方向。

说到这儿，我其实既在说国家宏观层面的选择，也在说最具体的每一个人的选择。但是，我最后仍然要说，这个急风暴雨般的趋势还是会扑面而来。说一句冷酷的话：总有人会被这个趋势淹没。

（摘自《读者》2017 年第 24 期）

# VR 将怎样改变我们的生活

夏 斌

戴上一个特制头盔，你就可以"身临其境"地站在火星上，直观感受这颗星球；在房地产交易中，它可以立体呈现公寓房，让买家对室内状况一目了然，而无须每次都去实地看房；它还可以构建一个虚拟机舱，加入飞机颠簸等体验，帮助特定人群减缓飞行恐惧感……这些听上去不可思议的场景，都可以借助"虚拟现实（VR）"技术得以实现。那么，VR 到底是什么？它将怎样改变我们的生活？

## 720 度全景无死角

VR，是英文 Virtual Reality 的简称，意为虚拟现实。这种新兴技术能利用计算机图形系统和各种接口设备，包括数据手套、眼球跟踪装置、超声波头部跟踪器、摄录像设备、语音识别与合成等，生成可交互的、提供沉浸感觉的三维世界。

与 3D 的"视觉欺骗"不同，VR 不仅能让用户完全融入虚拟环境，真假难分，还能捕捉用户的意图、举动，及时进行调整和互动。报告显示，我国的 VR 潜在用户达 2.86 亿。预计到 2020 年，VR 市场规模有望超过 550 亿元。

VR 应用系统一般分为三个部分：

一是体感输入，通过数据手套、摄像头等捕捉人的手、头等肢体姿态。

二是虚拟三维场景。VR 与 3D 最直观的区别就在于，VR 实现了 720 度全景无死角。720 度全景，即指在水平 360 度的基础上，增加垂直 360 度的范围，能看到"天"和"地"的全景。

三是显示与反馈。使用屏幕或投影将虚拟场景显示出来，并通过多自由度运动平台等反馈力量和运动。其中，最有意思的是触觉反馈。当使用者玩射击游戏时穿上一件 VR 护具，它能够模拟出中弹的感觉。

## "坐到"赛车手的位置

从目前的情况来看，VR 主要有六大应用领域，分别是娱乐社交、医疗保健、销售、教育、工程设计和军事训练。

基于游戏、赛事、影音直播的娱乐应用，是 VR 大展身手的主要场地。美国娱乐软件协会的调查显示，约 40% 的重度游戏玩家表示，未来一年内很可能会购买 VR 头戴设备。吸引他们的主要原因是，通过全景式的场景制作，头戴显示设备、各种传感器和辅助设备，玩家可以前所未有地融入游戏当中。

体育将是 VR 进军的下一个重要领域。《纽约时报》的 VR 项目试图让人融入赛事现场，完美地体验新闻记者原本试图用文字、图片和视频信号来表达的东西。美国运动汽车竞赛协会利用 VR 技术让观众"坐到"赛车手的位置，享受同样刺激的竞速乐趣。

未来，电影也会因 VR 而变得大不同。一方面，观众可以 360 度视角看电影，甚至能从演员的视角来看电影；另一方面，电影将因此衍生多条情节支线、多个结局，交由观众自行去发掘。此外，VR 热潮还将逐渐深入旅游市场。例如，游客可以通过 VR 技术来体验乘坐直升机在纽约上空翱翔的感觉。

## 诊治多种心理疾病

戴上 VR 眼镜，医学生可以把心脏"捧"在手中仔细观察，或者拿起手术刀练习解剖……在第 75 届中国国际医疗器械（春季）博览会上，涌现了不少用于改善医疗培训和诊断的 VR 技术。

VR 技术在医疗中的应用，始于 20 世纪 90 年代。当时，医生利用相关技术帮助心理紊乱的病人。例如，如果某个患者有蜘蛛恐惧症，那么可以利用 VR 技术在他面前展示一只虚拟的蜘蛛。患者可以用虚拟手去触摸它，从而慢慢地适应与蜘蛛接触的感觉，最后在现实生活中消除对蜘蛛的恐惧感。专家预计，随着 VR 技术的发展，恐惧症、抑郁症和焦虑症等心理疾病有望得到更好的治疗。

军事训练也是 VR 技术将进入的一大领域。它能模拟跳伞过程中的视觉、听觉、触觉等因素。新兵戴上头显设备、身穿电脑控制的背带系统，结合软件程序的模拟，不仅可以看到虚拟的天空，还可以模拟各种技术动作。

未来，利用 VR 技术进行远程对话时，可以有眼神乃至肢体感触，具有强烈的真实感。这样的真实感受，还有助于解决一些销售体验的缺失，如打造可试衣的虚拟试衣间。

## 工业 4.0 的支撑技术

"VR 技术是工业 4.0 的主要支撑技术之一，是现代制造业产品创新设计的先进手段。"南京理工大学教授陈钱认为，将 VR 应用于工程设计，可以有效解决复杂系统结构的高危、高成本等难题。

例如，设计师可把产品以模型形式放在 VR 世界里进行测试并收集市场反馈，从而减少产品开发时间，降低开发成本。

在南京理工大学工程训练中心，一个长 9 米、高 3 米的超大屏幕颇为显眼。学生们只需戴上 VR 头盔，一个逼真、立体的发动机就会呈现在眼前。如果要了解发动机的内部结构，只需动动手中的交互手柄，就可以对发动机进行拆解，内部的每一个零件结构都会异常清晰地呈现在大家面前。同时，每个结构都可以放大也可以缩小，甚至可以进行 360 度的观看。

## 勿混淆虚拟和现实

长远来看，VR 产品将变得像太阳镜一样轻便。届时，可以把多个设备整合成一款产品，从而取代手机和电脑。但眼下来看，技术和内容上的不足，直接制约了 VR 的普及。

VR 软件研发工程师王景隆指出，现阶段 VR 技术的主要难点在于屏幕分辨率不够，即便在 2k 显示器中仍有明显的颗粒感，致使用户体验的沉浸感较差，并可能产生眩晕；头盔便携性较差，暂时难以摆脱用线，等等。

同时，VR 技术在游戏和影视娱乐领域的应用，还面临一个"鸡和蛋"的窘境：如果 VR 硬件保有量不高，开发者对 VR 内容和应用的开发将持谨慎态度；VR 内容和应用匮乏，反过来又将影响 VR 硬件的普及速度。

此外，VR 与各行各业的结合，还可能带来一些伦理和哲学困惑。如夹杂着血腥、色情片段的 VR 电影，可能对人的神经、心理造成冲击。家长还不免担心：普通的 2D、3D 游戏，比如斗地主、CS 都能让不少青少年沉迷其中而无法自控，更别提 VR 游戏了。

总之，VR 技术可能会提升、改变人类生活，但其长远影响值得慎重研判。一个基本准则应当明确，即避免现实生活与虚拟生活的混淆。

（摘自《解放日报》2016 年 5 月 9 日）

# 关于中国的四幅图景

周鑫宁

为什么外国人一会儿把中国抬得很高，一会儿又把中国看得很低？为什么外国人要用那样的眼神看待我们的政治、经济、外交和文化？

首先我们要知道，外国人看待中国，有他们自己的路子。

2008 年是中外关系中一个特殊的年份。那一年中国成功举办了奥运会。那时我正好在美国做访问学者。有一天，我在美国中西部的怀俄明州旅行，汽车停在路边的麦当劳休息。夏季的草原异常美丽，我拿着食物坐到店外的椅子上，在阳光中享受壮阔的美景。

过了一会儿，一辆大卡车停在了店边。司机从高高的驾驶室里跳了下来。我看了看他，这是一个典型的美国中西部男人，也许算见多识广的那一类。他摇摇晃晃地来到我身边，和我说起话来。

"你是游客吧？日本人？"他问我。

"不，我是中国人。"

在美国，很多人都分不清日本和中国，但是这个司机明显知道日本和中国的区别，因为这时候他的脸上露出同情的表情。接下来他告诉我，他认为美国在国外花了太多钱，如果非要花这些钱的话，不如用来赠送给其他落后国家，包括中国。

这个美国司机眼中透露出来的，是外国人头脑里关于中国的一幅典型图景。我甚至都没有想要向他解释什么，因为在美国，绝大多数人对中国都知之甚少。不要说美国中部草原上的卡车司机，即便是美国联邦国会议员，了解中国的也是极少数。当然，我们完全不必为此抱怨。

著名外交家、中国前驻法大使吴建民曾说过，美国国会议员 80%没有护照。这意味着多数美国国会议员根本就没去过任何其他国家，就算是剩下那 20%曾经出过国的议员，大部分也就去过紧挨着美国的加拿大和墨西哥，或者是加勒比海上的旅游胜地。作为全国性政治家的国会议员尚且如此，美国广大的普通民众就可想而知了。

美国是这个世界上存在感最强的大国，但同时它的国民也对世界上的绝大多数国家充满了无知。因而，我遇到的卡车司机很能反映发达国家多数普通人看待中国的方式。这个世界上的大多数人对国外的世界既缺乏了解的渠道，也没有深入了解的兴趣。于是，他们从关于外国的只言片语中搭建对另一个国家的认知，而这个认知往往映射出他们对自己国家的看法。比如这位卡车司机认为，美国是世界上最富有的国家，那么对他来说，中国就是不发达世界的一部分；他为美国三权分立的民主制度感到自豪，则想当然地相信中国人的政治制度是不可接受的。

说实话，我理解这位卡车司机的看法，因为大多数中国人也用同样的、以自我为中心的方式想象别的国家。这也许算人类的一大通病。

就在遇到这个卡车司机不久以后，我在美国首府华盛顿参加在智库"战略与国际研究中心"举办的"全球青年领袖"沙龙，又看到了全然不同的一幅中国图景。在嘈杂的大厅里，一个 30 多岁、西装笔挺的男人，端着咖啡踌躇满志地向我走过来——看他的样子，我猜他正在事业的上升期。这种人是美国人词汇里典型的"青年领袖"。当知道我来自中国的时候，他露出了兴奋的神情，热情地赞叹说："市场的未来在中国！"然后他开始跟我谈论在中国做"新生意"的方法。

他说："我计划在中国建立一家像 Craiglist 那样的网站。我应该怎么做？你知道 Craiglist 吧？"

我表示我知道 Craiglist——一个同城信息分享网站，每个人都喜欢用。但是据我所知，类似的网站中国已经有好几家了，竞争非常激烈。听到我的介绍，这个男人脸上露出难以置信的表情。我只好把中国此类网站的网址写给他。他很认真地放进兜里，然后不甘心地问我："中国有像 Facebook 那样的网站吗？"

"有的。"

"亚马逊那样的呢？"

我想了想："有的。"

"那 Twitter 那样的网站看来也有了。"

我有点担心自己的回答会让他过于失望，但我立刻发现自己小看了美国人的乐观精神。他喝了一口咖啡，说："好吧。也许我仍然可以做点什么。"

"也许你可以先去中国看看。"我最后说。

"当然。"他握住了我的手。

我不知道这个人最后会不会去中国。在华盛顿这样的开放地区，很多人在谈论中国。但跟中西部大草原上的卡车司机和农民一样，即便是这些处在全球化最前沿的美国城市精英，他们中的大多数也都没有到过中国。他们每天使用中国商品，看到很多来自中国的人，对此习以为常，或者偶然感到困扰——比如电视上报道中国商品的质量问题的时候。不知道从哪一天开始，电视上的竞选广告又开始不断说是中国人抢走了美国人的工作机会，美国政府欠了中国很多钱，甚至美国的全球领袖地位将被中国替代。这让美国人更多地意识到中国的存在，也让他们对这个国家更加感到困惑。在 2008 年金融危机之后的衰退时代，在世界上很多人眼里，中国是希望之所在，但一个超大型的、强劲增长的新兴经济体对于美国到底意味着什么，成为西方最有争议、最矛盾的话题之一。最关键的是，讨论这些话题的人，大多数根本没来过中国。

在一个来到中国的外国人眼里，我看到过关于中国的第三幅图景。

几年前，我曾经作为陪同人员在北京接待了美国马里兰大学的本杰明·巴博教授。巴博教授是杰出的政治学者，这是他对北京的第二次访问，上一次是在 20 世纪 80 年代。在陪同巴博教授从机场到市区的路途中，我本以为他会对车窗外的城市发表评论。要知道，他上次来的时候，车窗外那些绵延的大楼建造之处还都是荒地。然而他一路都很沉默。几天下来，他都在默默地观察。直到有一天，汽车经过北京城中心一片残破的四合院时，本杰明突然兴奋地说："这才是我记忆中的北京城。"

是的，古老的、陈旧的、有历史沧桑感的、文化上神秘而难以接近的，在他眼中，这才是中国。我没有尽早意识到这一点。在离开北京之前，本杰明提出希望看一场"中国戏剧"。时间很紧，我便带他到北京最好的剧院看了一场歌舞剧。看完之后，很明显他失望了。

后来我想到，剧很好，只是内容和形式都太现代、太西方了。难道要我带他去天桥看一场京剧？可我自己并不太懂京剧，这也许会让他更失望。古老的四合院和神秘的京剧，也包括令人痴迷的中国武术，这或许就是很多外国人眼中的中国标签。

上面三个故事，展现出了三幅截然不同的中国图景。三个故事都来源于西方人。最后我想讲一个来自非西方世界的故事，看看关于中国的第四幅图景。

2011 年，我加入一个中国记者访问团，到巴基斯坦访问。在那里，很难在街头看到西方人。本·拉登刚被美军特种部队击毙，报复行动正在巴基斯坦各地展开。我们在各种恐怖袭击的消息中走遍了这个国家的多个省份和城市，感受到乱世中的平静和友善。在巴基斯坦这样一个典型的第三世界国家里，中国又是一个什么形象呢?

在那里，中国是先进的：在拉合尔的博物馆——那里陈列着 4000 年前古印度文明的文物，不远处还有伟大的莫卧尔王朝的故宫。一个头戴黑纱的少女高兴地告诉我，她马上要去中国留学了。她去的是北京一个很好的理工科大学，离我工作的大学没多远。她畅想着到中国的学习和生活，太过兴奋，以至忘记了似乎不应该和一个陌生的外国男人交谈太多。

在那里，中国是友善的：在伊斯兰堡半山腰的观景平台上，每一个伊斯兰堡市民都想过来和中国记者合影。他们一致称中国人为"兄弟"。这些市民太过热情，以至于过于紧张的安全警察不断把他们从我们身边拉开架走。

除此之外，在那里，中国还代表着未来：在偏远的巴控克什米尔首府，省督在他的帐篷里接待了中国记者。他用当地的土语发表演讲。他的翻译将当地土语翻译成巴基斯坦官方的乌尔都语，然后中国的翻译再翻译成中文。

总的来说，第三世界的人们更少受到西方普遍存在的自我中心主义观念的影响，他们更容易站在客观的角度看中国。在这样的角度上，大多数第三世界国家认为：中国的发展蕴含着巨大的能量。中国崛起的含义远非"市场的未来在中国"那么简单。世界的未来可能也在中国。

(摘自《读者》2018 年第 17 期)

# "虚拟现实"其实可以很务实

王飞跃

未来，会不会出现沉溺在虚拟现实中，完全脱离现实社会的一代？Facebook 的首席执行官扎克伯格宣布将虚拟现实作为公司未来发展的方向，微软、谷歌等科技巨头纷纷投入巨资研发虚拟现实技术，整个科技行业对虚拟现实的热情像火焰般蔓延开来。在 2016 年 4 月德国汉诺威工业博览会上，奥巴马和默克尔也对虚拟现实技术赞不绝口。然而，一些社会学家担忧：随着互联网、智能手机的普及，人类将越来越逃避现实，活在由虚拟世界构筑的"壳"里。

这种担忧十分现实。现在，由虚拟现实技术搭建的世界将比互联网世界更加精彩、逼真，"壳"自然也更厚。在美国，随着"游戏一代"进入大学，许多问题已经浮现。21 世纪之初，我的同事 Bahill 教授调查发现，大学里多数学生不愿甚至害怕与老师面对面谈话，有问题多以电子邮件或用在论坛里提问的方式解决，令他十分担忧。

这种担忧或许是没有必要的，老一代与从小玩手机、平板电脑长大的新一代"数字原住民"之间的技术代沟与行为差别是现实但自然的。社会发展的历史告诉我们：不是新一代适应老一代，必须是老一代适应新一代。

虚拟现实技术还处在相当初级的阶段，距离成熟并广泛应用，还有漫长的路要走。实际上，虚拟现实是催生互联网最直接的动因之一，这一技术的广泛应用也是互联网，特别是物联网和云计算的必然结果。

过去的几千年，人与人之间的交流方式发生了巨大的变化，未来，面对面交流这种形式仍会存在，但它的比重、角色将发生变化。虚拟现实和物理现实的交汇，将极大地提高人的工作效率，让交流更简单，有限时间内可交流的人与事更多。通过平行控制、平行管理、平行计算，通过知识自动化、智能软件与物理机器人，各个领域被打通了，网络世界将被充分利用起来，人不可能触及的网络世界的各个角落，可以通过各种虚拟机器人到达。虚拟世界将不再是"壳"，而是信息和知识的机场、车站和港口，从一个点迅速而方便地到达其他地方。

就像蒸汽机的发明改变了一部分人的生活，虚拟现实、人工智能和机器人也将极大地改变人的生活，把社会效率带上一个新的台阶，这种变化甚至比工业社会代替农业社会还要大。具体来说，虚拟现实将给人类社会发展带来三大变化：

一、描述性和可视化。过去我们要理解一种理论，需要阅读众多专著，查阅大量资料。而且，由于语言文字的特性，一千个人心中有一千个哈姆雷特，理解很难达成一致。再加上，当某个专家看到某个现象并写进书里，由现实到文字这段时间，现实已经发生了变化。现在依靠虚拟现实技术，如果要描述一个故事，就把人放到故事的虚拟场景中去，临场感觉将不通过语言直接进入脑海，省却很多通过语言转述、理解所消耗的时间，可以极大地提高效率。

二、人工智能技术与虚拟现实的结合。由人工智能帮人选择，让人聚焦，使人能够预测性、实验性地进入不同的场景，这是虚拟现实未来要努力实现的。

三、引导性，由牛顿时代向默顿时代升华，这一步目前还处于研究阶段。牛顿时代，人类需要遵循物理学定律；默顿时代，通过虚拟现实、云计算、大数据，人有能力自我实现想象中的一种目标或者场景。引导的过程是交互的，可以把巨大的目标分成若干微小、易实现的目标，并且将其封装化、组合化、可视化，让每一步做起来更加简单，不断给人选择，这就是波普尔所称的"零星社会工程"。

现在制定和实施一项社会政策，往往需要多年才能检验到实际效果。如果有虚拟现实构造的人工社会模型，政策制定后，拿虚拟人做试验，在"计算"试验中发现政策中可能出现的漏洞，推理中可能出现的局限甚至偏见，再通过虚拟现实，把逻辑上的错误和个人的私利尽可能剔除出来，加以修正。通过智能系统选择最优化的方案，而不是拿实际的人力、资源、资金来试错。此外，还可以在虚拟和物理社会中同时实施政策，比较两者的结果，如果两者不一样，之间的差别就成为修正政策的反馈信号。

未来不单是社会政策，甚至每个人每做一件事之前都应该先虚拟化，模拟每一步有什么目标，怎样实现，这就是知识自动化的第一步。由于效率提高，节省出来的时间将被用到事前虚拟中去，不难设想，事前虚拟将减少许多社会矛盾和资源浪费。

（摘自《环球时报》2015年第16期）

# 当我送快递的时候，我在想些什么

梅山君

23 岁那年，我找到了一份送快递的工作。

我所在的快递公司，不是某通、某丰或某达，而是一个购物网站自己的快递公司。它的招聘条件只有一个：自备电动车一辆。于是，我骑着我的淡蓝色电动车开始了长达半年的快递员生涯。

## 快递在途

我每天早上 6 点出门，到快递点后，从昨晚卸下的一堆快递里面挑出自己配送范围内的快递，然后想尽办法用绳子把它们绑在我的电动车上。

绑快递很有难度，所以绑的时候就必须计划好当天配送的路线——把最后送的快递放在最底下，最先送的快递放在最上面。不想做建筑师的快递小哥不是合格的快递小哥，我用俄罗斯方块练出的本领终于在这里派上用场了。

公司在这个城市的快递站点少，每个人负责的配送范围很大，我要花将近 30 分钟才能到达我配送的范围。

载满快递的电动车像一只开了屏的蠢笨的孔雀。在到配送地点前，我一般要应付两种人。

第一种人是在我等红灯时偷偷摸摸扯快递的人。有时我不用回头就能感觉到有人在扯，但更多时候我只是假装回头看看，因为快递太多，真的看不到是谁在扯，只能祈祷那人不会弄散我车上的快递。听其他快递员说，在路上快递被扯几乎是每天都会发生的事，很多扯快递的人就是想偷。

第二种是交警。大部分快递员并不会犯违反交通规则这样的低级错误，因为一旦违反交通规则，被交警抓住，会浪费送快递的宝贵时间，还有出交通事故的危险。我曾亲耳听见交警说："你们送快递的不是每个月收入过万的吗？违章被罚算什么？"所以，我看见交警偶尔会心虚，像一个做错事的小孩。

## 讨厌的时间和有趣的事情

我很讨厌周一，因为周一是快递员最忙的时候，有双休日的单位的快递都必须在周一准时送达。一旦周一下雨，那我这一天可能就送不完快递，即使很努力地送到晚上 10 点，还是会被投诉，会被站长骂。

我很讨厌在上下班时间送快递。在大家挤电梯赶着上班打卡的时候，我根本厚不起脸皮跟他们抢电梯，所以我会选择爬楼梯。我试过从负一楼爬楼梯到 17 楼，但长期这样，不但显得很蠢，而且身体也吃不消，所以我会坐电梯到最高层，然后从上往下走楼梯派发快递。

我很讨厌下雨，因为雨天必须小心翼翼地给快递防水，即使自己全身湿透，也不能让快递沾到雨水，不然会被投诉得很惨。

不过，送快递真的是一件非常有趣的事情。

我看过这样一句话："人不知道从何而来，也不知道归处。"但快递不仅有来处，更有归处。它们被包装好，穿越千山万水，来到我的手上，像一个包装精美的神秘灵魂，我不知道里面藏的是什么，只知道收件人的名字与联系方式，但我很期待每个收件人打开它的那一刻。

送快递能让我光明正大地去一些我没去过的地方，我知道各种办公大楼与住宅的结构，以及那里住着什么人，有着什么样的气味。

每拿到一个快递，我都会琢磨收件人的名字与长相，偶尔会在心里吐槽。比如，"秦宝宝，你爸妈给你取名字的时候想到有一天你会长成身高将近1.9米的壮汉吗？""林美丽，见了你之后，我在想你叫这个名字真的好吗？""挺可爱的一个女孩子，为什么要叫'我的鸡八岁了'！"

很多收件人会在我面前开箱验货，我会观察他们打开快递时的模样：充满期待的眼神，微微上扬的嘴角，以及不知道怎么打开快递箱子时的尴尬表情。

从收件人的打扮上我可以感受到这个快递的重要性。比如，这个快递肯定对这个姑娘很重要，她竟然不洗头、穿着睡衣就跑出来见我，我很高兴能将快递安全地送到她的手上。

## 差评和感动

我或许不太适合做快递员。

每个月月末快递员都会收到公司发的服务评价表，我经常收到差评，理由一般是送得慢。我收到过几个让我印象特别深刻的差评，我知道给差评的人是谁，从他们收件的表情、语气、签名的力度，我就知道他们将会给我什么样的评价。

一个女人网购了化妆品，签收后过了几天想要退货，因为她之前是货到付款，所以她觉得收了钱的我应该直接退款给她并带走化妆品。而正规流程是先网上申报，客服给出退货地址后，再把货物快递过去，收货方验收确认无误后，退款会打回网购的账号。我在电话里告诉了她，并把操作流程以短信的形式发给了她，但她只丢给我一句："我只想要现金，你不来退货我就给你差评。"

这是我得到的第一个"态度恶劣"的差评。

我还遇到过货到付款时想要给假币的收件人，也和在我面前开箱验货时想要偷偷换化妆品的女孩吵过架，最后她灰溜溜地签收了。

吵得最凶的一次，是一个快递上面备注了必须本人签收，而一个男人当着我的面想要拆快递，我不允许，被他骂多管闲事，最后快递被他强拆了——用精美纸箱装着的红色名牌胸罩在我们两个面前显得特别突兀。

胸罩胸罩，大凶之兆。

我得了一个"私拆快递"的差评。

打电话向原收件人解释也没用，因为快递员收到的差评并不像淘宝的差评一样可以修改，而且收到差评就会被扣钱。

偶尔也有让人感动的时候。不管一个地方你多熟悉，送了多少次快递，总会有你不知道的角落。有一次，一个收件人的地址实在太偏僻，我找不到又很心急，便打电话请求他到一个附近的、彼此都熟的地方取，他说好的。然后我在这个地点等他，他来了，很远我就看到了他，我知道是他——拄着拐杖，跟跟跄跄，我急忙上前，对他说："对不起，我太笨了，让你跑了一趟。"后来，我还发了一条很长的信息郑重向他道歉。

他回我道："没关系，加油。"

偶尔觉得委屈辛苦，我会躲在床上看一些收件人发给我的短信，上面会写"谢谢，辛苦了"，我觉得它们跟被窝一样暖。

## 当我送快递的时候，我会想什么

当我送快递的时候，我偶尔会想到电影台词。

我按下门铃，叮咚。紧闭的门内传来一个声音："谁啊？"我用粤语轻声回道："对唔住，我系差人！"（《无间道》中梁朝伟的经典台词）

我会想我的快递千万不要被偷。

我的运气还不错，只丢过两个快递。第一件丢失的快递是一个女孩在网上秒杀来的裙子。我赔了钱给她，请求她不要在评价里写丢件，但她不肯，也不愿意要钱，说她很辛苦抢来的裙子，为什么我要弄丢？？

于是我得到了一个"丢失快递"的差评，被扣了工资 103 元——裙子 98 元加差评 5 元。

另一件商品是一双冬天的靴子，货到付款，600 多元，收件人是一个初中女老师。她坐校车上下班，我几次都没有赶在校车走之前将快递送给她，又因为货到付款也不能委托门卫签收，但女老师很好，她说她不急，让我下次送来。我连续几天都带着这个快递，最后被一个穿黑色衣服的中年男子笑嘻嘻地偷走，他一定不知道我在保安处看监控录像时难过得想哭。

600 多元，我要送 300 多个快递才能赚出来，那是将近 5 天的数量。女老师很同情我，假装签收了，没有给我差评，然后我拿着自己的 600 多元交给了公司。

即使后来我不做快递员了，偶尔在新闻中看到哪个快递员被偷了价值多少钱的物品时，我都会想起那天下午从监控录像中看到的那个男子的笑容与我沮丧到想哭的心情。

当我送快递的时候，我还会想些什么？

我会想聊天儿。

在一些地点，会有很多快递员聚集在那里，等着收件人过来拿快递。我们不知道彼此的名字，只会用某达、某通、某丰来互相称呼。

偶尔我会因不知道路向他们请教；也会调侃他们有好多快递要送，简直发达了；还会一起吐槽各种"奇葩"的收件人。他们也会温暖地低声问我派送了多少件，有没有吃饭。

## 再见，有趣的工作

送快递真的是一份非常孤单的工作。

一个人上班，一个人下班，一个人吹着热风晒着太阳，一个人流着鼻涕感受冬天的寒冷，一个人摔倒，一个人捡散落一地的快递，一个人在路边发呆，一个人推车回家，一个人用手机找路，一个人买饭团、汉堡在路边吃……陪伴我的总是满车的快递和偶尔路过的流浪狗。

有时候我会送快递送到电动车没电。推着车回家时，我会想，能赶在电动车没电之前送完，真是太好了。

我最终还是辞去了这份工作。

家人觉得我太辛苦，工资也不高，公司觉得我收到的差评太多，我觉得自己看书的时间太少。离职那一天我笑嘻嘻的，因为我觉得这真是一份有趣的工作。

那些天送过最重、最大的快递，是一块红木砧板，一个中年妇女开箱后很满意，我也很高兴——不用再扛下 5 楼载回站点了。

那些天拿过最高的工资是 3100 多元，最低的工资是 2100 多元；被交警罚了 50 元，摔倒时留下的黑色瘀青至今还在；赔偿被偷的两件快递 700 多元；得到过 30 多个"送得慢"的差评，收获了"态度恶劣""私拆快递""丢失快递"的"光荣称号"。

尽管我没有继续做快递员，但我偶尔也会想念那些穿梭在大街小巷的日子——哪个免费的公厕比较干净，哪个收件人的名字很不符合逻辑，给哪个公司送快递最麻烦。

　　现在，偶尔在路上遇到快递员，我会假装向他们问路，和他们说说话。如果他们在路边吃饭，我会在他们的身边坐坐。

　　像陪伴曾经的我一样。

　　　　　　　　　　　　　　　　（摘自《读者》2017 年第 2 期）

## 手机让你变成"透明人"

龚 雯 南 婷 高少华

### 谁最了解你

在互联网时代，谁最了解你？有人说是父母，有人说是配偶，有人说是好朋友。

其实都不是，最了解你的，可能就是你随身携带的手机。

因为在移动互联网时代，智能手机几乎成了一个"人体器官"，上网聊天、玩游戏、购物、出行……人们越来越离不开手机。手机对你的行踪了如指掌，甚至比你自己更了解你自己。手机知道你跟谁最熟，和他们聊什么，你爱吃什么、在做什么，甚至连你不知道自己在哪儿时，它都可以帮你定位后告诉你。

毫无疑问，手机给人类带来了前所未有的便利。然而，那些私密的信息，手机会替你"保密"吗？

"不查不知道，我的手机里竟然有 20 多个软件可以读取我的联系人信息，有的甚至可以录音和拍照，平时安装的时候确实没怎么注意！"一位手机用户感慨道。现在多数免费的手机软件只要一下载，就有要共享联系人信息等内容的提示，如果你不选择确认，就没法使用。

人们不禁要问：手机真的变得如此危险？

## 无良企业肆意窃密

林华近期通过豌豆荚安卓应用市场下载了一个"益盟操盘手"手机应用客户端。没过几天，他就频繁接到来自上海的电话，对方自称是运营"益盟操盘手"的工作人员，进而推销理财产品。又过了几天，来自武汉、广州等地推广理财产品的电话，一个接着一个。

原来正是这款"益盟操盘手"移动客户端泄露了林华的个人信息。如果仅仅是几个骚扰电话，手机泄密的风险还不至于让人望而生畏。"益盟操盘手"涉及用户的 7 项隐私权限，会读取用户的位置信息、通话记录，获取设备信息、访问联系人名单、读取短信记录等，尤其是前 3 项，该客户端可以在用户毫不知情的情况下，不经用户许可授权直接进行。

其实，很多人都有过与林华相似的经历。一些不法企业在利益的驱使下，为牟利而窃取用户信息后随意倒卖。一些大企业往往会在用户毫不知情的情况下，窃取用户的手机号码、行为偏好等，进行所谓的"精准营销"，完全不顾及用户的隐私权。

2011 年 6 月至 2012 年 2 月间，谷歌就绕过苹果手机 Safari 网页浏览器上的默认设置，在部分用户的浏览器上秘密安装了能跟踪用户搜索习惯的文件，从而达到有针对性地推送广告的目的。

之后，谷歌的这一行为被发现，美国联邦贸易委员会展开调查。2012

年，谷歌因侵犯消费者隐私权，被罚款 2250 万美元。2013 年 11 月，谷歌又与美国 37 个州以及哥伦比亚特区达成和解，同意就其秘密跟踪用户网络浏览、侵犯消费者隐私权的行为支付 1700 万美元补偿金。

根据中国互联网监测研究权威机构 DCCI 互联网数据中心发布的《2013 移动应用隐私安全测评报告》，在具有读取通话记录行为的移动应用当中，高达 73.1% 为越界抓取。应用程序正是利用了相关功能的调用权限，悄悄地盗走用户的隐私信息。61% 短信记录读取、73% 通话记录读取权限为功能不必需的。通话记录、短信记录、通信录是用户隐私信息泄露的 3 个高危领域。

南开大学信息安全系主任贾春福表示，智能手机中包含着大量的个人信息，且手机自动联网的特性导致其无法通过物理隔离的方式来防止信息被窃。用户手机中的个人信息，对于手机厂商、应用商店和应用开发者而言都有巨大的商业价值，而目前对信息安全的把控，完全靠各个环节的自律。

## 手机病毒如同强盗

如果说企业窃取隐私的行为像小偷的话，那么手机病毒则更像强盗。因为企业窃取隐私是在用户不知情的情况下悄悄发生的，造成财产损失的可能性相对较小，而大量的手机病毒可能会给用户带来直接的财产损失。

2013 年以来，涉及"钱"的手机木马病毒大量出现，这些木马基本上是通过窃取短信验证码、银行账号等重要隐私信息，达到偷钱的目的。大名鼎鼎的"隐身大盗"手机木马不断升级变种，最新变种不但可以窃取短信验证码，还会窃取身份证号、支付密码等信息，从而完全控制受害者的支付账户。

2014 年 2 月，浙江嘉兴的一位女士在淘宝交易过程中，扫描了对方发来的二维码，不想这一扫酿成了大祸，她的手机中了木马病毒，支付宝、余额宝中的 18 万元随即被对方转走。

国家互联网应急中心此前接到一个网民投诉，称他在一电商网站上购买的联想 A820T 手机中存在预装的手机病毒。通过取证分析发现，该手机中存在一例伪装成安卓系统服务"SystemScan"的应用程序，该应用程序可在用户不知情的情况下，通过后台窃取用户手机号码、联网 IP 地址、手机当前位置信息、手机上所有已安装的应用程序信息等隐私，并将窃取到的用户信息压缩后上传到远端服务器。

通过持续监测，国家互联网应急中心发现，截至 2014 年 1 月，全国范围内感染该手机预装木马的用户达 216 万个。本次"手机预装木马"的广泛传播表明，以刷机、手机 ROM（手机系统固件）制作等为代表的移动互联网源头环节已被严重"污染"，这直接破坏了移动互联网的生态健康，严重危及了移动互联网生态下游用户的切身利益。

## 危险的"钓鱼 Wi—Fi"

如今免费的 Wi-Fi 热点越来越多，方便快捷自不用说，但手机里的私密信息也面临更大的安全风险。

国家计算机病毒应急处理中心的专家说，如今有许多恶意的免费 Wi-Fi，诱使电脑或手机用户免费登录，一旦输入账号、密码及其他个人信息，这些隐私就会被窃取。

石家庄的刘女士不久前就遇到一件怪事。一天，她去咖啡馆，在那搜索到一个无需密码的 Wi-Fi 信号，没有多想，她就用手机加入了该网络，并在网上花了 100 多元购物。然而，离开咖啡馆时，刘女士收到一条银行的短信提醒，说她的银行卡被扣掉了 500 元钱。刘女士百思不得其解，后经警方查证，原来刘女士碰到了"钓鱼 Wi-Fi"，被黑客盗取了银行账号、密码信息，银行卡被盗刷。

虽然一些免费 Wi-Fi 并无恶意，但是安全措施不到位，如果采用明文传输，用户的诸多信息数据在传输过程中会被轻易截获。

有黑客发帖自爆："在星巴克、麦当劳这些提供免费 Wi-Fi 的公共场合，只要用一台 Win7 系统电脑、一套无线网络及一个网络包分析软件，15分钟就可以窃取手机上网用户的个人信息和密码，比如信用卡、银行卡的网银密码、账号。"

全球第二大无线局域网设备供应商 Aruba 公司中国区技术总监梁益民表示，"钓鱼 Wi-Fi"就好比黑客在半路进行"伪装"，提前从"邮递员"手中"拿"走了原本要送至居民家中的信件。尽管最后在居民眼中该"信封"是完好无损的，殊不知其内容早已被黑客"看"过，甚至被盗取了一部分。

甚至，家用无线路由器也存在安全隐患。

最近一段时间，北京青年小刘的手机和电脑上频繁弹出一些裸聊类的色情信息窗口。小刘用安全软件清理电脑和手机，甚至重装了电脑的操作系统，仍然没有彻底解决问题。后来小刘从懂技术的朋友那里得知，自己家的路由器可能被劫持了。

2014 年 4 月，国家互联网应急中心发布报告指出，思科、D-Link 等多家路由器厂商的产品存在后门漏洞。安全专家表示，路由器后门漏洞会威胁整个家庭中的所有上网设备。当黑客入侵、控制受害者路由器后，可以监控连接这个路由器的所有设备的上网数据，例如电脑、手机、智能电视盒子等，窃取受害者浏览记录、账号密码等隐私信息。

更严重的风险是，如果路由器 DNS 被黑客篡改，这时输入网银官方网址访问，实际打开的却可能是一个虚假的钓鱼网站，网银的账户、密码就会被黑客盗取，直接造成财产损失。

## 容易忽略的窃取

在手机终端，盗号等行为同样会造成隐私泄露。

韩女士近日就收到她的好朋友一连发送的 8 条莫名的 QQ 留言："招工、小工、240 元一天……"当她打电话询问时，她的好朋友还一头雾水，表示最近没有登录过手机 QQ，更别提发这些不靠谱的信息了，后来她才意识到手机已经"中毒"了。

如今，黑客盗取 QQ 账号之后，向被盗账号的好友发送诈骗信息和钓鱼网站，进一步骗取账号和密码的案例比比皆是。

值得一提的是，还有一个难以忽略的隐私泄露渠道是手机换机或出售。最近，网上流传一条信息称"手动删除手机里的信息，只要下载数据恢复软件，就能轻易恢复，即便恢复出厂设置，也能被恢复"。

对此，360 手机安全专家表示："手机里有一个存储器，可以将数据保留很长时间，'删除'并不是把数据物理上删掉了，只是把目录删掉了，这和电脑里把文件删除的道理是一样的。"

另外，有调查显示，拾到手机的人 89% 会访问其中的个人数据；超过 60% 的人会查看手机失主的社交媒体信息、电子邮件内容；80% 的人试图假冒个人认证信息；超过半数的人会通过手机访问银行账户。遗憾的是，很多失主都怀着侥幸的心理，认为手机遗失可能只是物质上的损失，并不会面临因手机信息被恶意使用而带来的各种风险，以及之后可能带来的无尽的麻烦。

（摘自《读者》2014 年第 18 期）

## 阅读时，不要放过你的耳朵

毕飞宇

关于阅读，我至今是一个老派人物，还死硬。我坚持认为，坐下来，打开书，一手提笔、边读边记是最佳的阅读方式。阅读是容易产生快感的，快感来了，不管不顾，一口气冲到底，那个爽。我把这样的阅读叫作放纵式阅读，它的缺点是看得快、忘得更快。

如果手上有一支笔，它对阅读的速度就会有一个调整。笔的作用其实就是刹车的作用。你在书上划拉几下，再写上几个字，这样一来，阅读的速度就慢下来了，这样有助于理解，也有助于记忆。我和年轻人闲聊的时候时常发现这样一件事，当我们讨论到作品的某个细节时，他会这样说："我没注意哎。"问题来了，这个细节你没有注意，那个细节你也没有注意，那你到底读到了什么呢？不客气地说，故事梗概而已。对待通俗小说，这样自然没有问题。但是，面对真正的文学，这里的遗漏就有点大。我的意思是，如果你恋爱了，一个月之后，你只知道女孩的身高和体重，那只能说，你不爱她。

前几天，我和余华一起做评委，我吃惊地发现，余华阅读的速度甚至比我还要慢，我高兴坏了。我一直以为，我读书慢是因为我的智商不够高，现在好了，我知道了，是我和余华有类似的好习惯。

事实上，我的阅读速度也算快，大部分时候，可以一目十行。但是，在阅读经典时，我甚至连一个词、一个字都不愿意放过。作为一个写作的人，我知道字和词的意义，它们意义重大，它们是一个作家的终极，它们也许就是本质。在许多时候，把字和词错过了，就把整个作品错过了，甚至，把这个作家都错过了。

然而，我想说，无论我们是怎样好的读者，阅读都有它的局限。这个局限不是源自我们的能力，而是来自文字自身的属性。

文字的基本属性有两个：一个是"形"，这是供我们阅读用的，它作用于视力；文字还有一个同样重要的属性，那就是"音"，这是供我们说话用的，它取决于我们的听力。"形"和"音"并不构成彼此矛盾的关系，然而，出于生理的特征，我们在面对文字的时候很难兼顾。比方说，我们说话了，我们接受的是"音"，自然就会忽略文字的"形"；同样，在我们阅读的时候，我们自然专注于文字的"形"，很难体会文字的"音"。

举一个例子吧。在《雷雨》的第二幕里，有一段后母繁漪与长子周萍的对话。他们之间有不伦之恋。在剧本里，周萍说："如果你以为你不是父亲的妻子，我自己还承认我是我父亲的儿子。"繁漪说："哦，你是你父亲的儿子。"

这一段文字我是读大学时读的，这两行"字"就那样从我的眼前滑过去了。但是，有一天，在剧场里，我的耳朵终于听到这两句台词的"音"了，我承认，我的鸡皮疙瘩都起来了。我深为曹禺先生的才华所折服。

"我是我父亲的儿子。"这是周萍的狡诈。周萍想结束与后母的不伦之恋，他要用伦理与虚伪来压垮繁漪。

繁漪的声音充满愤懑之情，她想不到周萍会这样说。繁漪的声音也是对始乱终弃的控诉，是惊天的嘲讽与谩骂——你和你的老子是一路货，是彻底的绝望，是疯狂之前最后的克制，离泼妇骂街只有一步之遥——"你是你父亲的儿子"啊！

有一个问题是现实的，如果没有语言的"音"，我没有"听"，我真的能够"读懂"《雷雨》吗？我真的可以获得如此强烈的审美震撼吗？

事实上，在我们强调阅读的时候，我们一定不能做"自残"这样的傻事，我们不该放弃我们的耳朵。它不只是用来挂眼镜和戴口罩的。一句话，我们千万不该忽略文字的另一个属性。

阅读无比宝贵，然而，我们也必须承认，它的历史其实很短。在人类认知的历史长河中，"读"不是"听"的孪生兄弟，"读"是"听"的儿子、孙子，也许还是重孙。在印刷术发明之前，我们认知的历史是"口口相传"的历史，一句话，是"音"的历史，是"听"的历史。文学是这样，宗教是这样。西方的《荷马史诗》是这样，我们东方的"话本"也是这样——要不然，怎么会叫"话"本呢。

时代变了。但时代之变未必就是向前，有时候，它也向后。谁能想到科技的发展会如此这般？在我们使用视力即将抵达极限的时候，我们终于想起来了，我们还有耳朵呢。音频来了，"听"的时代訇然而至。人类的耳朵高兴坏了。它们骄傲，智慧在充血，耳朵在脑袋的两旁都翘起来了。

（摘自《读者》2018 年第 7 期）

## "暖男"当道

韩松落

生活里缺少什么，人们才会渴望什么。正因为生活日趋坚硬，人们才渴望柔软，所以，"暖男"开始流行。一篇写"暖男"的文章，发布在个人的微信公众号上之后，创下了几百万的浏览量，足以说明，人们的这种渴望有多么强烈。

当我们谈论"暖男"时，首先面临的问题是，该怎么给出定义？综合了诸多的讨论结果之后，百度百科给出了定义：所谓"暖男"，是"能给人温暖感觉的男子"。暖男的要素，更多体现在生活和情感领域。他们温和细腻，能够洞悉和体察别人的情感，他们勤劳肯干，懂得照顾人，是顾家、爱家的生活家，能让别人觉得如沐春风，给身处不安之中的人，提供安全感和舒适感。

那么，世界上到底有没有这么温暖的人？似乎有的吧，在电影里，在小说中，在明星给出的形象里。

例如《来自星星的你》中的都教授，例如电影《横道世之介》的主人公，都是经典暖男。尤其是横道世之介，他爱笑，像是没有心事，他热情洋溢、天真烂漫，让所有人都怀念他，他乐于助人，最后也因为助人而死。他像是某个人，又像是所有人，他分明是有特性的人，呈现他性格的细节，都是那么具体，但他的形象又不那么真实。所以网友说，你会觉得世之介这个人物是真实存在于生活中的，只是想不起他到底在哪里。他是由一千个人合成的，是用理想性格为素材做成的"芭比娃娃"，更是 20 世纪 80 年代那个纯真时代的化身。

显然，所谓"暖男"，其实不过是完美男性的另一个名字，只不过，这一次加上了新的表述，换上了温暖牌包装，更注重强调男性的情感能力，隐藏了对他们经济能力的要求。为什么会在这样的年代，出现这么一种需求？心理专家刘丹概括得更好，她认为，现在人们的生活节奏快，情感成本高，人们都在避免感情投入和感情卷入，而所谓"暖男"，其实更是有感情滋养能力和投入能力的男性。

正如电影《卡萨布兰卡》中的那段台词所说，一个男人，有没有钱、有没有地位不重要，重要的是他有没有生命力。尽管，这种生命力必然有世俗意义上的结果，指向财富，指向地位。但让人叹服的，却不是财富和地位，而是滚石上山一样的、绵绵不绝的、与生命之短促、人生之艰难起伏对抗的心力和生命力，以及将周围人凝聚在一起、给他们安全感的能力。总之，在物质生活极大地丰富之后，人们又对男性提出了情感能力上的要求。

这种需求并不过分，但当我们将这种需求不断放大，将"暖男"视为寻找伴侣的最重要模板时，难免会遗憾地发现，能够满足这些条件的男性，实在太少了，甚至可以说，根本不存在。这样的男性只可能存在于电影电视里，以及明星打造的公共形象中。而现实中，每个人都有自己的脾气、性格，以及自己的具体情况。"暖男"其实是一种人造生物，供人们遐想和对照，而我们面对的，只可能是一个个具体的人，有瑕疵、有缺陷，如果要求一个人集一千个人的优点于一身，多少有点虚妄。

　　隐藏在这种"暖男"心理寄托背后的，还有人们一直以来对完美的渴望。这是一种乌托邦式的性格理想，沉湎在这种对完美的渴望里，只会让人对现实越发失望，对自己的认同感日渐降低。所以，当我们谈论"暖男"时，需要时刻铭记，那是一个理想，也是人性的天堂，而我们掉过头来，还是要面对自己千疮百孔的真实人生，以及漏洞百出的命运。

　　　　　　　　　　（摘自《中国青年报》2014 年 11 月 18 日）

# 有必要害怕人工智能吗

周雄飞

自"人工智能"一词在 1956 年达特茅斯学院的会议上被提出后，随着科学技术的发展，这个词越来越多地出现在人们的视线中。从 AlphaGo 到 AlphaGo Zero，人类显得越来越害怕，那么我们到底在害怕什么？难道我们已经忘了研究人工智能的初衷？

目前，对于人工智能，人们基本持有以下三种观点。

首先，对人工智能的研究抱有乐观态度的，一般是科技工作者。他们一般都集中于谷歌、微软、阿里巴巴、华为这样的公司，这些企业基本都处于人工智能研究的前沿领域。

第二种观点就是反对，强烈地反对，代表人物就是著名的物理学家霍金。霍金曾经在 2014 年接受 BBC 的采访，当被问到对于 AI 的态度时，他表明："人工智能的全面发展将宣告人类的灭亡。"

他的担心并不是杞人忧天，现在已经有更多的科学家在警示人类，发展人工智能将会把人类送入坟墓。他们所依据的理论是：从目前看来，人工智能对人类并没有什么威胁，因为它们还处于弱人工智能阶段；但是等到人工智能通过深度学习掌握了向强人工智能进化的途径，那就会在很短的时间内超越人类。

第三种态度，保持中立，也就是观望。持这种态度的最多，大约有50亿人——你没有看错，就是这个数目。确切地说，就是我们绝大多数人都在观望，都在期待科学家和专家们帮助我们解决这个难题，或者等待国家领导人来解决问题。但是在这里，我想告诉大家，这件事不仅和我们都有关系，而且有很大的关系，因为全人类是一个命运共同体。

## 我们在担忧和害怕什么

1957年，美国科学家司马贺曾预言10年内计算机下棋将击败人类。到1997年时，这个预言实现了，国际象棋冠军加里·卡斯帕罗夫输给了IBM的计算机"深蓝"，标志着国际象棋领域被机器攻陷，尽管比预计时间晚了30年。

到2016年3月9日，这个预言又一次上演。拥有1200多个处理器的谷歌人工智能系统AlphaGo，在深奥的围棋棋盘上把世界围棋冠军、韩国棋手李世石逼到绝路，曾经独孤求败的九段高手不得不投子认输，以总比分1:4落败。战胜李世石之后，AlphaGo又在一系列在线匿名比赛中击败了数十位知名棋手。

那么，我们到底在害怕人工智能什么呢？人工智能强大了，难道不是可以更多地帮助我们人类吗？

其实，我们在害怕自己，怕自己拥有了它们之后，一日三餐，甚至连起床、上床都是它们帮我们完成，我们不用多消耗任何一点能量。可这样下去，我们最后发现，在它们眼里人类一无是处，我们将没有任何梦想，也没有任何动力。那时，才真正是它们支配着我们的生活，不是吗？

## 我们真的有必要害怕吗

现在我们每个人都知道这个名词——人工智能，而且知道自己害怕它们，在之前的漫长历史中，没有过这样的恐慌。但是我们人类真的需要害怕吗？人类，是世界上最聪明、拥有最强大脑的物种，需要害怕自己造出来的一堆"机器"吗？

与其害怕，还不如反省。在对待人工智能的态度上，自负和欲望是带领人类真正走进坟墓的助推剂，因此，真正让人类害怕的应该是我们的内心。

不是因为我们太过强大，而是因为太过自负，这个世界上有相当多的一部分人到现在还在做着人类可以掌控一切的美梦，以为人工智能只能成为人类的工具。而在人类做着这样的美梦时，人工智能正在一点一滴地追赶着人类的科技文明。但是，目前人工智能还没超越那个"度"，它的发展存在三个阶段。

第一个阶段，人工智能应该需要 100 年的时间来追赶这个"度"。

第二个阶段，是它们跨越这个"度"。所需时间或长或短，有可能是一个小时或者一秒钟。

第三个阶段，当它们跨越过这个"度"后，将会花很短的时间甩开人类数千年的科技文明。在这之后，人类不要再妄想理解它们，因为它们已经超越人类文明太多了。

另一方面，人类的欲望是无限的，因此，对于人工智能这样具有巨大潜力的技术是不会放过的。例如 AlphaGo，即使在围棋领域已经很强了，但是科研人员并未止步，接着研发出 AlphaGo Zero，并且已经具备自主学习的能力。

目前人工智能还处于弱人工智能阶段，在人类的控制范围之内，还有很大的发展空间。但是，可以想到，在人类永不知足的欲望驱使下，人工智能会越来越强大，直到发展到人类无法掌控的地步，到那时就真的无法挽回了。

因此，对于人工智能，我们真的没有必要害怕，相反，控制住自己的内心才是最正确的选择。也只有控制住我们的欲望和自负，才能将人工智能的发展掌握在人类的可控范围之内。

我们要确信一点，人工智能在大数据和深度学习两个工具的帮助下，刚开始成长的速度会很慢，但是之后会慢慢变快，直到突破人类的控制，那应该就是一瞬的过程。如果它们超越了那个"度"，我们真的没有必要去害怕和恐慌些什么了。因为，我们在它们眼里，只是一行数据而已。

"人工智能的进步经常会引发人类对于自己将被淘汰的担忧，希望这样的机器最终不会替代生物大脑，而是成为大脑的助手，就像造纸术和搜索引擎等技术那样。毕竟，用机器发明新的方法来解决问题，可以推动人类走上更新、更高效的道路。"DeepMind 的发言人希瓦尔这样说，"AlphaGo 的好处就是鼓励人类棋手去质疑这项历史悠久、传统深厚的技艺旧有的智慧，并做出新的尝试。"

败给 AlphaGo 之后，柯洁研究了计算机的走法，以求开辟新思路。随后，他在与人类对手的对弈中连胜 22 局，即便以他的水平，这也是一个令人赞叹的成绩。

我想，这应该就是人类研发人工智能的初心吧！坚持这个初心，也许是我们战胜恐惧的唯一方式。

（摘自《读者》2018 年第 6 期）

# U 盘化生存

冯 仑

在一栋房子里住了 20 年，将其重新装修一下，家具也换一下，这就叫重组。我们公司的年龄已经超过了 20 岁，所以从 2016 年开始，我们也下决心打乱重组。

重组之后，公司的组织模式也就改变了。通过大量的交流训练，建立很多小组织，然后让它有创造性。我们称之为"小组织、自驱动，低成本、高回报"。

适应未来的公司模式一定是小组织。做大组织谁最高兴？金字塔尖的人最高兴。为什么？所有人都围着他们转，但是效率低下。我们把公司变成小组织，实现自驱动。

小组织怎么来做？实际上我们要建立一个平台，因为以后公司会没边界。所谓没边界，就是说不知道这家公司中到底哪些算你的人，有很多人是通过任务跟我们合作。

有一个词叫"U盘化生存"。整个公司的平台像一台电脑，有非常多的接口，然后我们把软件进一步完善。外部的能人就像一个个U盘插到我们这里，启动后就开始干活了。

2018年，我们会把平台建设得更好、软件做得更好，让所有愿意跟我们一起奋斗的人像U盘，插上就工作，任务完成后他们就会走。我们公司是平台，要干什么事，来人对接上了都可以做。而且我们会把这套程序逐步透明化，在社会上公开。之后，优秀的人过来，我们只要给他赋能，就可以开始工作。

比如：西安某个人说哪里有一栋楼，他有一套方法，可以和我们一起开发；他占多少利益，我们占多少利益；然后我们这边派几个经理人，把这套品牌给他，之后进行合作。

西安的活儿做完了，他可能就想在西安工作，不想去南京。按照过去的做法，合作就得签劳动合同，做完一个项目，我派你去哪儿你必须去哪儿。现在无所谓，他结束工作，南京再来个人，我们在南京又可以开始，甚至可以两地同时做。这就让公司变得无边界。

无边界但是有目标。无边界，有愿景、有价值观的目标，这样的公司是我们能够适应未来一二十年的竞争环境，并最终取胜的一个根本地方。

实际上自从我们有了手机，边界就已经不存在了。但是以前边界就存在，进到屋里不让你干啥，你就干不了。现在每一分钟都在去边界化，你拿着手机到底是在开会，还是在发信息、娱乐，或是买东西？说不清楚。

在共同目标的指引下，我们建立一个新型的公司组织——平台加任务加人，再对应每个小组织，让我们的公司可以快速地适应外部的变化，同时无边界地自生长。建立这样一套制度，必须有一个保证，就是公司要契约化，要使公司内部人员互相信任。有信任很多事情就变简单了，信任使成本降低，小组织就更有力量；不信任就变复杂，成本也高。

我们用共同的价值观建立内部的契约制度。我们经常看到不可思议的事情发生：一个人能冲到敌人跟前，像黄继光堵枪眼、董存瑞拉炸药包，这叫自驱动。组织上给的命令中没有这件事情，靠什么呢？靠价值观、靠信仰，不是靠利益。简单靠利益就能自驱动？不一定。利益的驱动力是有限的，而信仰、价值观、共同的使命感和愿景，往往能让我们走得更远。

同类之间会信任。比如说信同一宗教，我们不说更复杂的，比如说信佛，走到全世界，我们都能看到，信佛的人见到佛像以后的神态和姿势几乎一样，边上有没有人他们都这样。这叫自驱动，叫协调性。靠什么？靠内心认知的一致性。

人和人怎么区别呢？如果有 3 个信仰不同宗教的人，彼此都了解。3 个人一起出去以后，他们的行为为什么永远都不可能有交集呢？他们为什么不可能互相换换衣服，也换换吃的东西？因为他们内心的信仰不一样。

所以我们要想做到"小组织、自驱动，低成本、高回报"，前提是价值观一致。在共同的价值观下，我们会把组织变小，但是更有效。

如果说从上到下一管到底，价值观不一样，天天管也管不住。但只要"信了同样的教"，价值观一样，不用管，大家也一定朝着一个方向用力。

我们的团队很小，但坚持了 12 年，就有价值。我们在西安有团队，是小组织。每一个组织在当地都要成为项目公司。我们有很多小组织。在互联网时代，小组织灵活机动，可以随时改变。

接下来，我们仍然会做很多小组织。形式上我们是分散的，实际上我们用价值观协调。这些小组织按照我们的想法，朝着同一个价值观方向协调。最后我们能够攻坚克难，做成很多事情。

（摘自《读者》2018 年第 9 期）

# 他们就是我的城市

秦珍子

我女儿一岁半，她最熟悉3种职业，医生、警察和快递员。

因为定期体检、打预防针，她能准确识别白大褂和听诊器。偶尔需要动用"权威"使她听话，警察的"不许动"很管用。

对幼小的她来说，"快递员叔叔"是个神奇而甜蜜的存在。他们会在一天里某个随机的时刻出现，"叮咚"摁响门铃，送来水果、饼干和玩具。

"快递员叔叔来了，你的礼物就到了。"我曾经一边在网上买童书，一边对女儿说。

她认真地想了几秒，答："和圣诞老人一样！"

比起那位传说中的红衣老爷子，这些叔叔才是真正穿越风和雪，把她想要的东西送到她身边的人。

这几年，一直是一位家在赤峰的小哥，往我家送快递。

我刚搬来时，没有特别留意过他。女儿出生不久后，某天我忽然收到他的短信："在家吗？我是快递员，方便开门吗？"

收了快递，我忍不住问他："你怎么不摁门铃？"

他不好意思地说："上次来，看你肚子挺大，估计这会儿已经生了，怕吵着宝宝睡觉。"

我逗他："你还挺有经验。"

他笑答："我女儿5岁啦，跟我在北京呢！"

我家楼上那户人家也有孩子。每天晚上11点之后，我还常常能在客厅、卧室、婴儿房……听见楼上传来各种声响——杂物落地、轮子滚动、器皿破碎、孩子尖叫、大人斥责……上楼沟通过数次，没有任何改变。最后一次，操着本地口音的男主人打开门，无可奈何地说："我也没辙呀，要不您报警吧！"

出了我家小区左拐，人行道边有个营业执照在风中飘摇的摊位，从早餐开到宵夜。下午去，能吃到好吃的煎饼。因为早上老板娘会送孩子上学，老板的手艺则让人一言难尽。

北京的冬夜又黑又冷，他家大女儿每晚就着一束灯光，站在窗口洞开的早餐亭里，裹得严严实实地写作业。后来，老板娘又生了老二和老三，全带在身边。

我问过老板，为啥一定要在这儿受罪。这个敦实的河南汉子把葱花潇洒地抛撒向我的蛋饼："挣钱多呀！"

离他不远，临街有几间商铺，附近居民赖以生存的蔬菜摊就在那里。

卖果蔬的是一家早出晚归的安徽人。老爷子收菜钱，侄儿收水果钱，儿子打杂。

老头儿抠门儿，一角两角都算得清清楚楚。不管脸生脸熟，他从来不笑。侄儿活络，叔叔、阿姨、大哥、大姐的永远挂在嘴上，今天让你尝个草莓，明天手一挥5毛钱不要了。猕猴桃放久了，还提醒"别给小孩买"。

在这个时代，我和邻居可以互不相识，但不会不熟悉这家人。

有一次，我新买的电脑出现故障，退换需要提供包装上的某个标贴——纸箱子早扔到楼道里了，因为每天都有人来收。

我跟物业、保安打听一番，在另一栋楼的地下室找到小区收废品的两口子。他们住在最多5平方米的小屋里，睡上下铺。

听完来意，大哥立即行动。他打开另一间屋子，里面从地到顶摆满了各式各样的纸壳箱，无法计数。他一张一张地往外抽，抽了一个多小时，抽空了半间屋子，终于找到我要的纸箱。

我掏出钱感谢，大姐冲出来，把我轰走了。有天我晚归，深夜一两点遇见他俩，才知道他们收拾楼道弃置物品，为了不影响居民出入，不占用电梯，都是夜里悄悄进行。

在商场买好家具，东北大哥和他万能的金杯车能提供一站式服务。夏天空调坏了，背着工具箱的四川小伙敏捷地钻出窗户，修理外挂机。家务实在忙不过来，上网找个电话号码，上门支援的湖北小阿姨能麻利地搞定孩子的饭、老人的茶、地板上的毛发。

他们如此真实、有力地活着，需要着这座城市，也被这座城市需要。

我们享受服务的同时，也应该接纳服务可能带来的风险。为居民提供安全的生活环境，是城市的职责所在。容纳东北大哥、四川小伙和湖北阿姨的奋斗，则是城市的灵魂所托。

即使谈不上建设者，只是地下通道里的一个流浪歌手，也能让窝在办公桌前整晚加班的年轻人，听见爱和自由。

在不可或缺的日常细节中，他们是抱着装尿不湿的巨大纸箱而来的快递小哥，是用冻伤的手给我做早餐的煎饼摊老板，是我吓得拉住他的工作服生怕他掉下窗台而他耐心宽慰我的四川小伙。那些面孔那么具体，那么鲜活。

对每一个这样的个体来说，出身、天赋、教育、命运、能力、志趣、环境……都可能决定他们将离开哪里，走向哪里。

我知道，有的快递员会抢劫杀人，有的小摊食品细菌超标，有的大哥搬个柜子可能漫天要价。还有人会说："等火烧到你家你就闭嘴了。"

可是，难道这座城市，没有了他们，就没有谎言、罪恶和灾难了吗？在人性和劳动面前，谁也不比谁高一等。

反正，下一次快递小哥来的时候，我会跟我女儿说："这个快递员叔叔就是圣诞老人。"

——在她还相信美好的年纪。

（摘自《读者》2018 年第 5 期）

# 区块链的真正价值在哪里

张 莉

2018 年开局，区块链以一种让人摸不着头脑的姿态迅速大热，成为第一场"风口"，当然是带引号的。

"20 年之后，人们会像今天谈论互联网一样谈论比特币，100%的交易都会在区块链上完成。"类似的乐观预测像病毒一样在投资界传播、流行，造就了一场令众人始料未及的狂欢。

资本市场显然不甘寂寞。美股市场上，沉寂多年的胶卷制造商柯达，因宣布发布柯达币而股价上涨。港股市场甚至出现了一则让人哭笑不得的消息：一家名叫"坪山茶叶"的公司宣布改名为区块链集团，在 A 股区块链概念大炒作的背景下，股价竟然上涨了 23%。

当前世界各大投行、科技公司纷纷加快其在区块链领域的布局。主流观点认为，区块链经济的核心不在技术，而在于商业逻辑的重构。因此，这不仅仅是一场技术革命，更是一场认知革命。

在纳斯达克成立之前，人们用自行车驮着装满债券的包，在华尔街骑来骑去，目的是尽快完成清算，让清算速度跟上交易量。

但这样还是不行。1971 年，有人提出了 DTC（美国存管信托公司）清算系统，把所有交易放进系统内进行，包括经纪人也要接入这个系统。现在纳斯达克还在用这个系统。

系统提高了交易的效率，但并没有改变交易的中心化结构。当交易足够多、经纪人足够多的时候，系统有瘫痪甚至崩盘的危险。

那么，自治式、分布式的系统会不会好一点？答案是肯定的。区块链就是一个分布式的账本，每个节点都可以显示总账、维护总账，却不能篡改账本，除非你控制了超过 51% 的节点，但这是不可能的。

简单地说，假如家里只有你一个人记账，爸爸妈妈只负责把工资交给你，那么，你如果动了歪脑筋，账本的金额就有可能对不上。但分布式账本就相当于你在记账的同时，爸爸也在记，妈妈也在记，他们都能看到总账，你不能篡改记录，爸爸妈妈也不能。

区块链本质上是一个去中心化的分布式账本，其本身是一系列基于密码学而产生的互相关联的数据块，每一个数据块中包含了多条经比特币的网络交易有效确认的信息。

但什么是去中心化？再来看一个例子。我们网购一本书的流程是这样的：第一步下单，你把钱打给支付宝；第二步，支付宝收款后通知卖家发货；第三步，卖家收到通知后发货；第四步，你收到货后很满意，于是确认收货；第五步，支付宝收到你的确认信息，打钱给卖家。

在这个过程中，虽然是买家和卖家在交易，但整个交易却是围绕支付宝展开的。如果支付宝系统出了问题，交易记录丢失了呢？

去中心化的做法好比城里有 5 个小伙伴，B 向 A 借了一元钱，A 在人群中大喊："我是 A，我借给 B 一元钱。"B 也在人群中大喊："我是 B，A 借给我一元钱。"C、D、E 听到这些消息，拿出手中的小账本，默默记下：

"某年某月某日，A 借给 B 一元钱。"

当我们把一个去中心化的模型极度简化之后，就会发现，在这个只有 5 个人的城市中，已经建立了一个去中心化的系统，这个系统不需要银行，不需要支付宝，也不需要一个拥有公信力的组织。当分布式结构中的每个人都记账的时候，篡改账本是不可行的。假使 B 突然不认账了，C 或 D 或 E 就会站出来："不对，我的账本上明明记录了你在某年某月某日向 A 借了一元钱，并且没有查到你还款的记录。"

但是，区块链的世界没这么简单，还有一些问题需要解决。

问题一：别人凭什么帮你记账？

为了让大家都帮我记账，我决定给第一个听到我喊话，并且将其记录在小本子上的人一个"巴啦啦"能量的奖励。具体条件是：首先，你要抢在所有人之前听到我的喊话并记在自己的小本子上；记录之后，你还要马上告诉城市里的其他人——这句话我记录完了，你们别记了；同时，你还要给自己的记录加一个独一无二的编号，然后把记录和编号一起喊出来。于是，下一个人再记录的时候，就会带着这个记录和独一无二的编号继续下去。

规则实行后，一定会有这样一些人，他们为了得到"巴啦啦"能量，开始屏气监听周围发出的各种声音，只为了能在第一时间记下一条新的记录。"比特币挖矿"就是这么一个道理。

问题二：万一 B 和 C 同时记录完了，且同时大喊一声，奖励归谁？

于是事件发展成：一部分人认为 B 先完成了，在他们听到 B 的喊话后开始记账，之后他们所做的所有事情都是基于 B 有了某个编号的"巴啦啦"，能量随着这个信息一次次传下去，这条信息链会越来越长；而另外一群认为 C 是先喊话的人，也会发展出一条信息链。

这样一来，原本是一条唯一的、编号顺序严谨的总信息链，却硬生生地分叉了。要是这种情况延续下去，每个人手里的账本就变得不一样了，根本无法确定哪本是真的。

为了解决这个问题，我们又追加了新的区块链规则：记录的时候必须顶格写，而且要保证，中心在离田字格上边缘 0.89757 毫米的位置上，于是，每个人写字的时候都要拿刻度尺量，每个人需要的记录时间变成了 5 分钟，同时完成的概率就极其微小了。

问题三：出现双花问题怎么办？

双花问题是指一笔数字现金在交易中被重复使用。如果我同时向 B 和 C 喊了一句，我给你一个"巴啦啦"能量，怎么办？如何保证一个"巴啦啦"能量在实际交易中只被支付一次？

中本聪在《比特币白皮书》第五小节中制定了比特币网络的运行规则。简单说，就是从交易发生的那一刻起，比特币的交易数据就被盖上了时间戳；当这笔交易数据被打包到一个区块中后，就算完成了一次确认；在连续进行 6 次确认之后，这笔交易就不可逆转了。在比特币中，每一次确认都需要"解决一个复杂的难题"，也就是说每一次确认都需要一定的时间。

在这种情况下，当一个人试图把一笔资金进行两次支付时，因为确认时间较长，后一笔交易想要与前一笔交易同时得到确认几乎是不可能的，而这笔资金在第一次交易确认有效后，第二次交易时就无法得到确认。区块链的全网记账需要在整个网络中达成共识，双花问题是不会产生的。

（摘自《读好书》2018 年 2 月下）

# 亲爱的陌生人

柏邦妮

## 1

我有个怪癖：特别爱跟陌生人聊天。

我不是很爱坐地铁，因为不方便聊天，坐出租车就好多了。共享经济流行后，我就更开心了——坐"顺风车"遇到"人间精品"的概率更大了。

前几天，我遇见一个帅哥，"顺"我回去的路上，就听见他身上发出"呱呱呱"的聒噪声。等红灯的时候，帅哥从怀里不胜爱怜地掏出一个小圆筒，也就拇指大，从里面倒出一只蝈蝈来。这已经是大冬天了，帅哥一边扯了一小片白菜喂蝈蝈，一边听郭德纲的相声。我们俩一起听了小半出，我感觉自己真的是在北京。

帅哥跟我说，他没啥爱好，就喜欢听相声，养点花鸟草虫，还是一个

"吃货"，老北京的吃食都爱。他女朋友也是一个"吃货"。他俩一起读高中，那时每天带饭盒，她只带粉条白菜，他带的则是煎带鱼、炖牛肉，他就这样搞定了女朋友。

## 2

北京是个巨大的容器，个体太渺小，哪怕铆足劲儿，想砸出个声响，往往还是无声无息，让人感觉生活不易。比如雨雪天，你可能连一辆回家的车都找不到。我记得去年冬天的一个雪夜，天上纷纷扬扬下着大雪，地上车辆的鸣笛声响成一片。叫车、等车，折腾了快一个钟头，又冻又饿，还有一堆处理不完的事，我心情烦躁，但"顺"我的这个车主却乐乐呵呵，谈吐特别温煦。他四十来岁，说车上有水、有充电线，还有小零食，不怕堵啊，"咱们堵车不堵心"。他一路跟我聊天，妙语连珠，一点不夸张地说，我简直如沐春风。

据说北京城最堵的时候，你跑下车买上羊肉串，烤好了，车还在稳稳地蹲着。那天，我干脆跑下去买了几个包子。这位大叔呢，不急不忙地开门，下车去给车顶掸掸雪。等我回来，长龙压根儿没动，大叔笑了笑，那股悠闲劲儿，让人放松。我打开电脑，先把几件紧急的事处理了。那段回家的路，正常的话只要40分钟，那天走了快3个小时。幸亏有那位大叔，感觉也并没有真的耽误什么。原来堵车真的可以不堵心。

最伤心的一段路，是失恋的时候。像每个失恋的人一样，那段时间，我什么都不想干，就想赖在床上。可是，总有不得不面对的工作，不得不做的事情。那天清早，我强撑着上了车，可情绪和眼泪都止不住。

"顺"我的车主是位大爷，他给我递了一张纸巾，问了我几句话。我没说几句，就说不下去了。大爷打开车窗，一点凉风透进来，然后他语重心长地宽慰我："姑娘，别哭了，不值得。人生一点一滴都很珍贵，不能浪费。"

大爷还说："我有俩闺女，都是纯正北京大妞儿。北京大妞儿，那是有目不斜视、大言不惭、牙缝里挤出爷的劲儿。你来北京，就得随俗。南方姑娘的优柔得收起来，要拿出北京大妞儿的野精神。"

这位大爷的模样我已经记不清，但他说的话，我都记得。很奇怪，被他强行打了一通"鸡血"后，我感到一阵莫名的安慰。我一边抽泣，一边掏出小本子，把这些金句记下来。有时候，陌生人是最好的心理医生。不是因为他有多专业，而是在你最需要的那一刻，他恰好出现。

## 3

我记忆里最漫长的一段路，是在今年过年回家时。养的老猫病了，不能留在北京。飞机托运我不放心，火车上又不让带。朋友出主意："看有没有自己开车回家的，你蹭一辆。"还真让我遇到了，一对"90后"小夫妻。我和猫坐在车后座，这一坐就是1400多公里，开了整整15个小时。

猫很懂事，一点不挣扎，没有闹腾。车刚开过山东，就闻见刺鼻的臭味：猫解决了自己的生理需要。我很不好意思，这得到下一个服务区才能处理。小夫妻倒很平静，一点没抱怨。到了服务区，我连忙把猫放出来，整理猫厕所，小姑娘帮着用纸擦干净猫全身，让我很感动。

在高速公路上长时间开车，最怕的就是无聊和困倦。小姑娘在副驾驶位上睡得直点头，我看小伙子也开始打哈欠了，连忙抖擞精神，陪他聊天。生平第一次觉得自己能唠嗑是一个优点。我俩从诗词歌赋聊到人生哲学，包括他俩的爱情故事，从相识到暗恋再到告别，最终他们从异地相聚到北京，开始自己的小日子。

小伙子说，本来是抱着侥幸心理，想"顺"个帮忙开车的伴儿。对他来说，分摊高速费都是次要的，因为长途开车实在太累了，好在我会聊天，能解闷，大家越聊越精神。

我也说了实话：其实从来没坐过陌生人的车这么久，一开始还是有些担心的，上车后第一时间就把行程分享给了朋友和家人。行程的前半小时，我一直抓着扶手，手心都是汗。还好，这是一个特别愉快的选择。

到老家已经是深夜 11 点，小伙子把车停到我家楼下，帮我把两大箱行李抬上楼。我真的特别感动，这其实不是一种服务，而是一份心意。告别的时候，小姑娘拉着我说："年后回北京，咱们还约着一起走，好不好？"虽然我也知道，这也许只是句客套话，是那一刻的冲动。

这长长的一段路，夸张点说也算经历了一场小小的生死，这样随机地参与到对方的生活中，就像增加了一小截人生。

## 4

你跟原本不可能认识的人相遇，同行一程。下车，人散了，大概再也不会见了，但是，好像又有什么留了下来。

什么留了下来呢？缘分。人生一世，一起活一辈子，是缘分；一起走一阵子，是缘分；同一条船、一程车，共一场雨、一场雪，都是缘分。

缘分是什么？我想，是一种不由分说的东西，让不断聚散的人们，深深浅浅、悲悲喜喜地有了牵绊、有了牵扯，或续或断。重要的是，在这有限的十几分钟或者十几个小时里，这有缘的一路上，留下了些什么。

那是一张张神态生动、表情鲜活的笑脸；是一个个各自努力，也许平淡，但不乏闪光点的人生；是一段段轻松、温暖、不设防的陪伴；是在这个常常让人迷茫，感觉冷漠，并不容易生活的巨大城市里，最微小的理解和体谅；是无论世界给了我们什么——热闹喧嚣或寂寞冷清，物价起伏或风雪相逼，我们一直没有放弃过的生活。我们没有离开过，而是艰难地、豁达地、乐观地一路前行。

　　因为一段短暂的陪伴，原来不认识的人有了关联。那来自陌生人的善意，那朴素的一点点温暖，化作人世间最珍贵的礼物。

　　谢谢你，一路顺风，亲爱的陌生人。

（摘自《读者》2018年第14期）

## 微博绑匪

马伯庸

我有一个朋友，她本来是个亲切和善的人，说话慢条斯理。可最近一年多来，她整个人都变了，变得很焦躁，说话急吼吼的，一点耐心也没有。我问她到底遭遇了什么天灾人祸，她长叹一声，把手机一晃："还不是因为它。"

"乔布斯？"

"什么呀！我是说微博！"

她一年半前顺应潮流开了一个微博，玩得如鱼得水，尤其是装了手机客户端以后，更是乐此不疲。从此她告别了从容的人生：从前等车时她会欣赏一下路过的姑娘的裙子，现在只是捧着手机不停地刷刷刷；从前上菜的时候她会品评一下菜式色泽，现在只是拿着手机拍拍拍，然后发发发；从前她和朋友们交流些读书心得，现在互相给对方看微博最新的段子哈哈哈……

类似的症状罗列下来，没完没了。她说最麻烦的，是她的生活已经快被微博给绑架了。

这边刚走失一孩子，赶紧悲痛万分地转发呼吁，那边菲律宾忽然又挑衅了，义愤填膺地转发谴责；才看见一只小猫卖萌的视频，哈哈一笑，立刻又有人发了条长微博加截图解说一起侵权事件，得点开看看；大师作古，刚插好了几根蜡烛，又跳出来一条朋友的私信，求转发扩散他们家娃儿的满月照片。键盘敲得噼啪如飞，鼠标比走马灯都忙。好不容易处理完了，还没歇上两分钟，又刷出十来条，里面又是好几条国家大事亟须关注，常常还带着"是中国人就转""还有点人性就都转起来"之类的标语。微博上的情绪更新，都快比液晶屏的刷新率高了。

我说，你可以自己控制啊。她苦笑说，倒是想克制，可有时候身不由己。微博上的"绑匪"们会问：这个女孩得了白血病，你给转了，那个男娃娃生了肿瘤，你为什么不转？为什么要厚此薄彼？难道你做好人也要挑拣？你到底是什么标准？一连串问题问下来，她往往哑口无言。

一开微博，自己就成了鼠标军机处、键盘政治局，俯瞰天下，心系万民，心中有猛虎，见天儿地细嗅蔷薇。严锋老师曾经做过一个生动描绘："早晨起来看微博，确实很容易让人产生一种皇帝批阅奏章、君临天下的幻觉。国家大事潮水般涌来，需要迅速做出各种判断，提出各种建议，各种转发，各种忧国忧民，各种踌躇满志，万物皆备于我。每个人心中都藏着一个披星戴月上朝堂的皇帝，微博把人的这种情结激活了。"

作为一个微博的老用户，我告诉她，使用微博其实和参禅一样，分为三个境界。第一个境界，看山是山，看水是水，看微博是微博。在这个阶段，你还没有把微博和其他网络平台区分开来，只当它是个新鲜玩意儿。第二个境界，看山不是山，看水不是水，看微博也不是微博了。微博变成了整个社会，微博像绑匪一样对你恶狠狠地说："快点刷！抓紧转！多多评论！"你就会诚惶诚恐、连滚带爬地去刷新，生怕一眼不看微博，就会跟时代脱节。

而我们真正要修炼到的，是第三个境界：看山还是山，看水还是水，看微博，终究不过就是个微博罢了，它代表不了所有舆论，更折射不了全社会。要是微博绑匪胆敢再威胁你，看透一切的你就轻蔑一笑："多大点事儿啊！"

　　她听我说完，不禁心悦诚服地说："大师您太睿智了，竟能把刷微博和参禅的境界联想到一起。"我微微一笑，手做拈花状，把自己的手机取了出来。

　　"我也觉得自己说得挺好，等我发条微博，免得忘了。"

（摘自《读者》2013 年第 15 期）

# 网络行动能改变世界吗

沈小猫

1

12 月严重的雾霾天气里，我的微信朋友圈被一条呼吁刷屏了：

既然无法短期内从根本上解决雾霾，就请给所有学校包括幼儿园安装可去除 PM2.5 的新风系统或空气净化器，并定期更换滤芯。

往前几个月，微信朋友圈出现了"人贩子一律判死刑"帖，让网民做出承诺，建议国家修改有关贩卖儿童的法律，买卖孩子的都判死刑。"不求点赞，只求扩散"更让这一话题迅速发酵，在网络和传统媒体引发了热烈讨论。

美国白宫在 2011 年开通了一个请愿网站。一项请愿只要在一个月内收集到 10 万个签名表示支持，政府就会审议相关请求，并做出回应。中国网民就朱令案、Gmail 解封、豆腐脑应该是甜的还是咸的等等大事小事进行了踊跃的越洋上访。

以上几例尽管时间、地点、人物大相径庭，却有一个共同点：它们都可归为网络行动。这个词泛指各种利用互联网来推进或影响社会、政治、经济、文化、环境保护等公共事务的行为。

互联网时代，"行动"的门槛变得前所未有的低。点个赞，签个名，转发一项倡议，参与一项讨论，只要在网络上对某个公共话题付出些微的努力，都可以说是"行动"的一种。正因为它包罗万象，这一现象也出现了众多别名，比如"懒汉行动主义""点击主义""键盘侠"等等。种种别名虽各有侧重，却都难免带有嘲谑甚至谴责的意味。

## 2

嘲谑的原因之一，是网络行动的动因往往经不起推敲。

给一篇文章点赞前，你真的仔细读明白了吗？分享一条捐款链接之前，你真的搞清楚钱捐给谁和怎么花了吗？就某个话题大发宏论之前，你真的了解这件事的来龙去脉吗？在参与热火朝天的网络骂战之前，你真的抱着开放、理性的心态，为理解对立面的观点而做出真诚的努力了吗？

可惜，对一部分网络行动而言，以上答案都是否定的。

在互联网空间，参与公共事务的行为本身具有了自我标榜的意义。特别是社交媒体，提供了一个半公开的空间，给了普通人一个展示自己的舞台。网民在社交媒体上可以构建一个更积极、更"高大上"的自我。研究表明，大多数人在社交媒体上公开状态（针对所有好友）和私人消息（只针对特定好友）的内容和语调有明显不同。前者往往比后者传递了更多积极正面的情绪（也就是说，在社交媒体上"装"是一种必然）。转发、点赞，在朋友圈分享自己的公共参与行动，是一种建构自我形象的过程。当个体的虚荣心和表现欲得到满足以后，网络行动往往止步于此。

而在匿名的网络社区，参与网络行动的动机则更加多样。匿名性给了我们一层虚假的保护膜（可以说，真正的匿名性在互联网上并不存在），在某种程度上可为所欲为。媒体研究者 Joseph Reagle 称，匿名评论是网络世界的"下只角"，在键盘后面是各种人性的阴暗面。殊不见，大 V 的微博留言里，俯拾皆是掐架的、泄愤的、写段子的、传谣言的、占沙发的、打酱油的、搞行为艺术的、做小广告的……键盘一点，便是刷存在感的方式。

## 3

嘲谑的原因之二，是网络行动到底有什么用？

微信上无数人贩子的死刑帖，的确在虚拟空间产生了短暂的轰动效应，但它们对社会现实的改变约等于零。在信息轰炸的今天，网民们的注意力，须臾便会转向新的事件和诉求。

要推进或影响任何公共事务，需要长期不懈的实际行动。而网络行动者最缺乏的，恰恰就是"接地气"的实际行动。

最可怕的是，参与网络行动后带来的那一丝自我陶醉和自我肯定，能给网民们"我已经尽过力了"的错觉，进一步减少了其后续行动的可能性。

巴黎遭遇暴恐袭击后，一些巴黎民众在推特上启用了"#PorteOuverte"标签（法语"开门"），愿敞开家门，为处于困境中的游客提供临时避难所。在媒体报道下，这一网络行动渐成当时的热点。这一标签很快在推特上涌现，淹没了真正有价值的信息——避难所。这一事例表明，尽管网络行动者的出发点很相似，但对某个行动的多元解读很可能带来副作用，甚至反作用。

## 4

虽然网络行动的动机不纯粹，直接效果不明显，却也并非一无是处。

网络行动的一重意义，在于让原本零星的个体行为产生规模效应。

曼瑟尔·奥尔森在他的代表作《集体行动的逻辑》里，提出了著名的集体行动困境：当一件事情的受益者越多，反而越不容易成功。因为个体都有搭便车心理，追求自身利益的最大化，所以就越不容易为一件事情出力。简而言之，就是"三个和尚没水喝"。且和尚越多，挑水的可能性越小。

推进和影响公共事务的努力好比挑水。以往，线下行动费时费力，和尚越多，越难组织和协调。最终的结果往往是绝大部分和尚袖手旁观，剩下极小一部分承担大部分的行动成本。投入大，见效慢，很不容易成功。

网络媒体在一定程度上改进了集体行动的逻辑。原本极高的组织和协调壁垒变得几乎不存在。喝水问题不变，但行动的方式再不限于肩挑手提，可以给挑水者鼓劲（点赞），动员更多和尚参与（转发），集资挖井（募捐、签名）等等，不一而足。当每个人参与的成本趋近于零，斤斤计较个人得失就无从谈起。

2015 年《中国互联网络发展状况统计报告》显示，中国现有网民 6.68 亿，手机网民 5.94 亿。超过九成网民使用 QQ、微信等即时通信工具，超过三成使用微博，在如此大的基数下，如果有千分之一、万分之一的网民，花几秒钟参与到一项网络行动中来，规模将是极其惊人的。

## 5

网络行动的另一重意义是设置"议程"。何为"议程"？就是大家该讨论的事情。

简而言之，大众媒体报道的"大事"和人民群众心中的"大事"，有着很强的对应关系。媒体没法决定我们"怎么想"，但是能告诉我们"该想什么"。

12 岁的彝族小女孩木苦依五木，写了一篇"最悲伤小学生作文"，引发网络热议。虽然这起事件自始至终饱受质疑，但它把凉山地区的贫困现状提上了议事日程。

郭美美在微博炫富，引来大量网友对中国红十字会善款流向的质疑。在传统媒体纷纷跟进和警方的介入下，红十字会和郭美美的关系水落石出。

人贩子死刑帖在网上广为流传，随后，不少法律专家撰文指出"一律死刑"远非根除贩卖人口这一痼疾的良策。

这样的例子数不胜数。点赞、转发、评论、募捐等等网络行动是否能直接推动变革，已经不重要。网民的提议正确与否，可行与否，也不重要。重要的是，它们能让某件"不算个事"的事成为普通民众和有关部门"该关心的事"。

## 6

必须承认，网络行动，特别是中国语境下的网络行动，还有种种不尽如人意之处。

比如网络暴力。在网络社区（特别是匿名的），往往能看到超出正常评论范围的言行：侮辱性的言论、侵犯当事人隐私权的"人肉搜索"大行其道，有的暴力行为甚至从线上延伸到了线下。

又比如网络谣言。各种各样的假消息、虚假募捐和网络骗局，层出不穷。又因为社交媒体的传播特性，使得谣言传播更快，影响更广，辟谣更困难。

再比如网上的众声喧哗。翻一翻评论区，真正理性开放的对话依然贫乏。对公共议题的讨论往往演变成喊口号式的谩骂。虽然网民们已有了发声的权力，但大多自说自话，真正的聆听和说服非常少。由于没人听，讨论不再是讨论，而被迫变成大喊大叫，仿佛聋人的对话。

以上种种问题，尽管广泛存在，却不可怕，也并非中国独有。这是人类和新技术在发展磨合过程中都会经历的阶段，不必因此对网民们责之过苛。

其实，更可怕的问题乃是"行动"的反面，即漠不关心、无所作为。

媒体社会学家尼尔·波兹曼在《娱乐至死》一书中说："人们感到痛苦的不是他们用笑声替代了思考，而是他们不知道自己为什么笑以及为什么不再思考。"这在当今中国的媒体生态下，已经更像现实而不是预言。互联网的泛娱乐化是一个趋势，微博上粉丝最多的是明星，微信上转发最多的是鸡汤和段子。如果网民们能够在网上追剧、打游戏、聊八卦、看街拍、刷淘宝的间隙，花一点点时间，关心一下个体之外的公共事务，为把社会变得更好做出一点点努力，也就没有完全辜负新技术赋予我们的表达和参与的权力。无论这种关心多么肤浅，努力多么有限，至少，比不关心、不努力要强。

罗马不是一日建成的。特别是在中国，由于各种原因，老百姓的公共参与意识还比较缺乏。从 BBS 到论坛社区，再到社交媒体，中国的网民们在技术的快速更新换代中，也在学习和适应着新媒体赋予他们的话语权和参与权。我们有理由相信，假以时日，互联网法律法规会更加完善，网民群体的公共参与意识也会愈加成熟。

（摘自《读者》2016 年第 6 期）

## 与全世界人分享你的家

李雪晴

"Tax"，这是家住大金丝胡同 12 号的王阿姨最新学会的英文单词，她如今的身份是民宿预订网站 airbnb 上的房东，在什刹海旁这条七拐八拐的胡同里，她拿出自住四合院中的 3 间房接待来自世界各地的租客。一位美国房客问她这间四合院需要缴多少税时用到了"tax"这个词，王阿姨当时的第一反应是："taxi？"

随着 airbnb 在中国的人气激增，越来越多的中国人开始敞开家门接受一个又一个陌生人成为家中的匆匆过客，迎来送往之间，每个人都在走进对方世界的同时感受着前所未有的"世界之大"。

### 在家周游世界

加入 airbnb 并不是王阿姨第一次给陌生人当房东。这座占地 300 平方米、共有 9 间房的四合院是祖产，早年间，为了攒钱让儿子出国，她将其中的 3 间改造成客房做起了民宿生意，在北京奥运会期间也接待过不少外宾。

2015 年 3 月，王阿姨从一位台湾客人的口中第一次听说了 airbnb，"现在的年轻人住够了酒店，就想体验当地人的生活"。很快，这座四合院就出现在了 airbnb 的网页上。对于想要来中国体验当地人生活的外国租客来说，胡同和四合院的吸引力可想而知，房间频频出现在网站首页，10 月之前已经全部客满。一位常年满世界飞的"酒店重度用户"经常会在早晨醒来时忽然愣住，因为不知道自己身在何方，但在王阿姨家，他一睁眼就知道"我在中国"。

作为老北京，王阿姨自己也乐得给各路来客讲解四合院的风水和民俗——例如，院子里的月亮门，意为"团圆"；丁香树和石榴树，意为"紫气东来"和"笑口常开"。胡同里的房门大都修得歪歪扭扭，这是因为旧时候，"邪门歪道"容易挣钱；而正南正北是帝王之家的建制，"正道"意为走仕途之路……如今，王阿姨已经可以用英文流畅地解说这些内容，尽管被儿子说用的是"中式英语"，但老外大致都听得懂，还有不少老外听上了瘾，让她帮忙给自己起了中文名字，甚至还画了家里的平面图，拜托王阿姨指点一下风水。

作为源自美国、风行于全世界的民宿预订网站，airbnb 推崇的自然也是欧美世界中流行的民宿模式——B&B，即床和早餐。为房客提供早餐也成了中国的房东们需要迅速掌握的新技能。

为了房客们的早餐，王阿姨费了不少心思。有人想吃老北京的早点，她就出门买豆腐脑、包子、豆浆和油条。也有人吃不惯中餐，那就准备面包、黄油和奶酪，外加鸡蛋和现煮的咖啡。有一次，一位客人对面粉过敏，王阿姨去菜市场买了些粽叶和红枣，浸好糯米，在自家厨房里包了 6 个红枣粽子，为了让早点更丰富，还买了些切糕。

看她如此操心劳神，不少人劝她直接把房子租出去，每年 50 万轻松到手，但王阿姨享受的就是做这种操心房东的"存在感"——家里常有客人来，院子里会有生气，天天跟老外打交道，自己也能长见识。短短几个月时间，王阿姨已经掌握了不少国家的饮食习惯：美国人不吃小龙虾，看到菜里有鱼头都觉得奇怪；法国人敢吃青蛙腿，菊花则是该民族的禁忌……airbnb让她"融入了社会"，也让她"在家就周游了世界"，她开始理解国外年轻人的"单身主义"，也看到外国老人七八十岁到处旅游。"我们也要有自己的生活，不能只为孩子活。"王阿姨说。

## 遇见你，有点意思

王阿姨把各路客人的抵达日期、人数和国籍都记录在一个日历本上，大饼先生则每天都带着两部手机出门，其中一部专门用来联络房客。他特意花了 20 元钱下载了一个专业的日历表，上面详细记录着客人的抵达时间、人数和国籍，他说："我每天就靠这个活着，手机千万不能丢，丢了就完了。"说话间，手里紧攥着手机。

大饼也是地道的北京人，他的房子位于全北京城的正中心区域，走到天安门只需要 10 分钟，到王府井连 5 分钟都用不上。155 平方米的跃层，三室两厅两卫。房子在 airbnb 上线前的准备工作尽显房主的好客。他几乎将自己多年来在国内外旅行时收集的东西都摆了进去。比如，在柬埔寨跳蚤市场花 300 块淘来的鳄鱼头骨、拉卜楞寺僧人在 1972 年绘制的大威德金刚唐卡、从英国背回来的价值 4 万块的胆机和音响、景德镇成对儿的青花将军罐……每一样都放在他精心设计好的位置。

在房东定价前，airbnb 会根据房子周围的房价给出一个平均值，作为房东定价的参考。大饼最初给自己的房子定价每天 500 元，没多久就被订满；他提价到 800 元，预订的速度依然不减；再提到 900 元，前来咨询的也不少。现在，这套公寓以每晚 1099 元的价格出租，来者大多是家庭或七八人的团队。

尽管收入可观，但在大饼看来，赚钱本身是一件没什么意思的事，成为 **airbnb** 的房东最大的乐趣在于："你作为这个房子的主人，全世界的人来找你，你帮他们制订行程、计划，这个就很有意思，因为平常你没机会认识他们。"

有一家四口在大饼家住了 5 天，退房后保洁小妹去打扫，开门后傻了眼，整个房子干净得就像完全没住过人一样。床尾巾完全按褶皱叠好，窗帘位置归位，杯子洗得干干净净，地板上更是连一根头发丝都找不到。原来，这家人都是做刑侦工作的，"他们要是犯罪，你根本找不到一点儿痕迹。"大饼说。

和这四口人形成鲜明对比的是三个老外，只住一晚，叫了肯德基的外卖全家桶，离开时屋子里到处都是鸡骨头，每个角落都能找到炸鸡腿的渣子，床上、地毯上，甚至连马桶圈上都有。

大饼不是那种只管收钱的撒手型房东，结识不同人的新鲜感令他乐在其中，也看到人间百态。从马德里来的西班牙人完全不拿自己当外人，看到大饼家的游戏机瞬间两眼放光，拉着大饼一起打足球游戏，15 分钟一局的游戏，两人坐在地板上玩了两个多小时。他还送给大饼一条巴塞罗那队的钥匙链，那是他最爱的球队。一对做证券的夫妻，五十多岁，特意从深圳来到北京，想跟从美国飞回来的儿子会合，结果天天看不到儿子人影，夫妻俩就一人一台笔记本电脑，在大饼家对着电脑炒了 3 天股，哪儿也没去。

来聚会的人也不少，8 个不同专业方向的医学博士同学聚餐，顺便给大饼的颈椎病来了一次会诊，告诉他这属于血管性颈椎病，要戒烟、多运动。上海华山医院的退休医生还跟他聊起自己经手的最严重的手术——开放性骨折，骨头扎到内脏里如何处理，内脏又该怎么缝。听得大饼不寒而栗。

还有真正的"吃货"。这位房客来自浙江，平常不吭声，但一提到吃就立刻来劲，大饼带着他去峨眉酒家吃宫保鸡丁，去新疆办事处餐厅喝酸奶。北京街边的羊肉泡馍、烤羊肉串等各色小吃被他吃了个遍。为了表示感谢，他送给大饼自家做的"乌饭"。大饼第一次见到这种食物，据说当地清明时节才有，他们把乌饭叶捣烂，浸入糯米里，蒸好后拌着红糖吃，祛湿养生。"如果没有网络，你和这些人可能永远都不会有交集。"大饼说。

## 绝对美好，是不可能的

Lan 和 Lala 是一对年轻情侣，airbnb 的存在让他们可以换一个心仪的房子租住，然后将其中的一间挂到 airbnb 上，与形形色色的陌生人分享自己的生活空间。一切在他们看来顺理成章，就像"如果有辆车，我们也可以去开Uber"。

Lan 和 Lala 租住的房子在北京东直门，交通便利，设施齐全，附近外企很多，许多实习生会来租他们的房子，这部分收入让这对情侣大大减轻了房租方面的负担。他们每月收到的租金足以占到整个房租的一半到 2/3。

每次来房客，Lala 都会给对方一把钥匙，介绍家中各种设施如何使用。家里有什么用什么，在她看来这"就跟在家里一样"。安全问题也并不用过分担心，因为 airbnb 对房东和房客都有保险，"你一旦出事，所有的事它负责"。

如何让自己的房子出现在 airbnb 的首页曾让 Lala 费了好些心思。根据她的观察，房间是否能上首页，跟好评率、空置率，还有是不是新加入的房子都相关，"总体来说还是让每个人都有公平跟别人交流的机会"。他们同时也把自己的房间信息挂在国内的民宿出租网站上，但在那边的首页几乎看不到自己的房子，无人问津。Lala 预约了 airbnb 免费摄影师拍照，虽然等了将近三个月，但照片最终顺利上传，为她带来更多客人。

但是，Lala 和 Lan 非常不满 airbnb 的收款方式。根据他们的说法，无论房客是否来自海外，使用的是 PayPal 还是支付宝付款，每成功交易一次，房款都要转为美元，房东的收款方式只有国际电汇。除了付给银行大量手续费，加上转外汇本身会折损一部分金额，airbnb 还会从房东手里收取 3% 的房东服务费，整个算下来，Lala 当房东后，每次成功的交易都会被收取 20% 的费用。

除了支付系统不完善，airbnb 网站上显示的"房费加服务费"也让很多中国人难以接受。如果服务费特别高，很多人会千方百计找到房东，避开 airbnb，只支付房费。虽然对房东来说没有损失，但不通过平台交易，经常被加微信，暴露手机号码，还是比较麻烦。Lan 认为，airbnb 不如研究一下中国人的付款习惯，改变策略。与 airbnb 不同，国内的相关网站胜在灵活度高，如果预付押金，也可以直接线下现金交易。

尽管五湖四海的来客令 airbnb 的房东们感受到了前所未有的"世界之大"，但人与人的交流并不只有美好。在最初做房东的很长一段时间，大饼做梦都会梦到来自房客的差评，他说："并不是语言上有障碍，是国情文化有冲突，老外有时候不理解你的办事风格。"他曾因一位新加坡人说餐具不够干净，干脆换掉所有杯盘。许多老外要他准备浴巾，但他们用掉和浪费的浴巾"叠成小山"，此后他坚决拒绝外国人这样的要求。和大饼不同，王阿姨则在逐渐降低中国人预订的比例，因为她总是遇到一些"暴发户"到自家四合院里指手画脚。在她看来，airbnb 上的评价体系既是让她努力成为一个好房东的驱动力，也是来客的素质保证。房东们根据自己的需求，各取所需。

房东为什么叫房东？这是王阿姨经常为房客解读的信息："因为房主住北上房，坐北向南，在东头这间。所以北上房的东首就叫房东。"

现实中，这些房东早已不住在北上房，但他们会在某个特别的时刻感受到一种 airbnb 房东的特别存在感——大饼曾经因为客满不得不取消过一个德国房客的订单。房客来自慕尼黑，在取消的页面上，Airbnb 弹出一个网页，上面写道："她从一万四千公里外的地方飞过来找你，需要坐 13 小时的飞机，距离她的正式入住时间还有 62 天。你确定要取消订单吗？"

（摘自《看天下》2015 年第 20 期）

# 大数据杀熟

空加瓜

朋友J先生自认为是那种熟人极多的人。从孩子上学到老人看病，J先生总有渠道找到熟人，办成难办之事。人在河边走，总有湿鞋时。在人情圈子里摸爬滚打，J先生当然也少不了应对"杀熟"与"救熟"。

"救熟"无须思量，手中的便利与人情，送给熟人朋友的回报，肯定高于陌生人，差别无非是能力与人情的大小；而"救熟"的另一面"杀熟"，则每每是一局感情与理智的微妙博弈。

就像这一次，J先生的一位医生朋友请他帮忙找几箱市面上紧俏的波尔多拉菲古堡红酒。平时滴酒不沾的医学专家突然对酒如此上心，J先生用脚指头想也知道这是要派大用场的。

想到朋友多次为老母亲的病情奔忙，J先生反而决定这次不"救熟"，要"杀熟"。

J先生想，朋友既然求到自己，一定是信任自己人脉广，能找到靠谱的酒商，买到真货。所谓成大事者不拘小节，人家奔着保真来的，价格上自然也有一分价钱一分货的预期，你为了友情一味杀价，卖酒的朋友不高兴，要酒的朋友说不定也不买账，以为你用假酒忽悠他。

所以，J先生给医生朋友的价格，比市场均价高出至少15%。当然，为了体现高有高的价值，J先生专门向酒商朋友要来海关的检验检疫证书，还精心准备了酒庄的历史、酿酒年份、酒评介绍和饮用说明，洋洋洒洒做了10多页PPT。

果不其然，看到J先生专程送来的酒和打印出的PPT介绍，医生朋友感受到远超预期的情谊，只看了一眼发票的总额就如数转账。

陶醉于精确捕捉人性的喜悦没几天，J先生就接到另一个朋友的求助——设计并预订一趟去安徽黄山的旅游线路。凭借自己某旅游网站钻石贵宾的级别，J先生不到半小时就订好了机票和酒店，把行程和价格发给了对方，还附上了自己的推荐理由。

没想到10分钟后，电话打来，朋友开口就问，怎么你找的酒店和机票价格，都比我自己查得要高？是不是想"杀熟"？J先生顿感冤枉，我堂堂钻石级贵宾，下单只能更便宜，哪里会贵呢？

结果几天后，媒体接连曝光一些电商平台凭借对用户购买记录、消费偏好的大数据分析，专挑高频次、大额消费用户"杀熟"。这一切做得毫无痕迹，让人在挨宰的同时，还畅想着这就是"贵宾待遇"。

如此高段位的"杀熟"，让J先生深感震惊，原来自己那点小小的人性分析的伎俩，在庞大的数据面前渺小得犹如一粒尘埃。

懂你，却不是为了爱你；帮你，却是为了骗你。这也许就是互联网时代独有的"塑料友情"吧，在"救熟"与"杀熟"之间，J先生感觉自己几十年的修炼还远远不够。

（摘自《齐鲁晚报》2018年3月10日）

# 当机器人取代了你的工作……

朱帝庞克

据美国斯坦福大学研究员、世界级人工智能专家维威克·沃德瓦推断，到 2036 年，机器人和人工智能将"淘汰"所有人类工人。世界经济论坛发布的报告也显示，提高自动化程度和在劳动力队伍中引入人工智能，在未来 5 年，将使 15 个主要经济体失去 710 万个就业岗位，而同期技术进步将仅带来 200 万个新工作岗位。

也许你会感到奇怪，不是现在还闹"用工荒"吗？人力不够，国家都放开二胎了。社会学家会告诉你，开放二胎主要是因为人口结构的问题，人力短缺是发展中暂时的现象，而由人力短缺催化的人工智能将很快改变这一局面。

不知道这世界上有没有所谓"有失体面"的工作，但我们很清楚地知道另外一件事，那就是没有什么比失业更容易让人丧失尊严的了。

# 机器人是怎样入侵人类职业的

知己知彼，先来分析一下机器人这个新物种入侵人类职业的模式。人类的职业技能按功能可以分为四类：操作类、索引类、创造类、管理和流通类。

操作类工作包括司机、工人、售票员、清洁工等。索引类工作是将学习、储存、积累的知识加以运用的工作，如教师、咨询师、裁判、顾问等；还有一些索引和操作兼具的工作，如手术医生、动画制作、诉讼律师等。创造类工作包括发明家、产品经理、编剧、作家、艺术家、设计师等。管理和流通类工作包括政府和企业的管理者、立法者、商人等，此类工作较难被机器人所取代。

## 操作类工作

机器从高度操作化的工作开始入侵。根据牛津大学提供的数据，以下职业被取代的概率为：农民 98%、快餐店加工员 86%、服装销售员 80%、超市工作人员 76%、开大卡车的人 82%、操作农用机械的人 96%、电子产品生产线员工 94%、低技术含量实验室工作 99%、信贷员 98%、前台接待员和导购96%、法律助理和初级律师 94%、零售行业导购员 92%、出租车司机和专职司机 89%、保安 84%、厨师和快餐业者 81%、酒吧服务生 77%、快递员90%、保险人员 90%、狱警 80%、士兵 82%、家政保洁员 93%、收银员99%。

人工智能青睐的是可以量产和规模化的、容易复制的、不太复杂的工作岗位，如流水线工人。所以一些难以标准化的岗位将在很长的时间内无法被机器替代，如玻璃和太阳能面板的安装人员、修剪植物的园林工人、机器维修保养人员、废品回收人员等。

## 索引类工作

索引类工作虽然比操作类的工作更难被替代，但是这其中的某些领域已经开始沦陷。

正在消失的工作：非诉讼律师、金融分析师、高等教师、医师、药剂师、各类咨询师、网络运营和营销、电话营销、裁判、行政人员、财务人员、翻译，等等。

这些职业有这样的特点：标准化工作程序，不涉及或很少涉及情感、价值判断，以及较少出现例外情况的职业。

不容易被替代的：考古人员、学前和幼儿教师、心理学家、宠物医生、教练、摄影师、化妆师、保姆、多媒体动画师等。

不容易被替代的职业有这样的特点：需要人与人之间细腻的沟通，需要人类的情感判断和投入，需要复杂的价值判断。

但是人工智能的发展速度要远远快于人类的想象，当你觉得终于可以喘一口气的时候，机器人已经站在你家门口了，一年前还被认为是安全的工作，如今已经岌岌可危。

保姆。机器人做保姆一直都是科学家们开发机器人的一个重点方向。在这方面，智能机器人已具备了令人难以置信的能力。他们不仅能照顾孩子，还能讲笑话，给孩子出小测试，根据孩子的不同特性培养出独特的互动能力，陪伴小孩成长，利用自身的无线电频率识别芯片追踪孩子的位置。

小学教师。在线教育也算是一种人工智能，目前已经逐渐风行。另外，讲课机器人开始出现，俄罗斯科技巨头 Mail.Ru 集团 CEO 兼风投机构 GrishinRobotics 公司的机器人总监迪米特里·格里辛表示："我投资的一家公司能利用机器人在学校里教数学。"一些国家的学校已经开始运用机器人老师授课。

心理咨询师。英国实验室正在研究的智能在线心理援助系统，浓缩了人类所有的知识和工作经验，可以辨别人脸部一万多种表情的含义。智能系统储存的疾病数据库，可以以极快的速度进行比对，同时满足 1000 多人的在线咨询，并且能够自主学习和积累经验。人工智能的心理咨询师不会被移情等因素影响。从接受程度上来说，有些患者更容易接受机器人的咨询，因为他们认为机器人更能保守秘密，而且用不着考虑人和人之间诸多复杂的仪式。这个系统目前已经开始针对老年人和孤独症患者工作。

## 创造类工作

这类工作包括艺术家、发明家、思想家、设计师、产品经理、作家、编剧、导演、段子手、体育明星等。

创新能力是人类智力皇冠上的明珠，从人类的感情上来说，最不能接受的就是这种能力受到威胁。《培根传》中有一个概念：防御刚度。人类文明本身有一种对混乱和不安全的防御功能，被称为防御刚度。防御刚度有时候代表了大多数人思维的惰性和对创新的敌意。当防御刚度过强的时候，人类的创新能力就会被抑制。而创新是人类的天性，是人类进步的根源，是人类的尊严所在。

现在，人工智能形成一种新模式的防御刚度，挑战人类的创新和进步。

因为机器人可以学习创新，而且速度惊人。这是一种竞争，如果机器比人更有创造力，就会形成另一种防御刚度。在这种情况下，人类的创新属性会受到挑战，人类的进取精神会碰到一堵无形的墙。因为任何一种创新，人工智能都可能抢先一步。

有专家从技术上反对夸大机器的作用，他们认为，针对规则不明确、任务多样化、情况复杂化等问题，我们仍然无法开发出像人类那样具有反应敏捷、分析聚焦、目标收敛能力的智能技术。

这显然是在挑战人工智能工程师的能力，而他们也许是我们星球上最有才智、最勇敢无畏的一个群体。

人工智能机器人本身就是在模仿人类，因此从理论上说，人类可以做到的，人类的终极产品也可以做到。

更进一步，假设人类和机器拥有同样的创新能力，而人类从获得灵感、实施到最终取得成功所需的时间，肯定要远远长于机器。人类的顿悟需要缓慢地积累，从量变到质变，需要理论化、体系化，以及大量的检验和试错，并需要调动许多资源来实施。人工智能却不存在这些问题，因为在理论上，人工智能的运行速度是光速，可以调动所有的大数据和网络资源进行运算，并通过网络迅速推广。

所以从理论上来说，创新类工作最后也会被侵蚀，只是时间稍晚。创新能力被赶超意味着人工智能从精神上碾压了人类。机器人从我们赖以生存的能力上追赶我们，逼近人类的核心本质。

过去的经验已经过时，过去的所有模式都被颠覆了。通过拼命努力获取知识的人尤其要注意，思维的转变才是最重要的。20 年的日夜勤奋或许不如在大脑里安装一个芯片。

当然，人类在传统职业领域中溃退的同时，在另外一些职业领域会有所爆发。

下面一些领域的增长可能是爆发性的：

各种人机合体的技术大行其道，在人体中植入机器，就像今天的美甲一样简单。我们历经过电子商务、O2O、互联网+，接下来的人工智能+，将会比过去任何一种潮流更加强大和彻底。

通过长时间的调整和适应，JanScheuerman（她是脊髓小脑变性症患者）终于成功地操控了机械手臂。经过不到一年的训练，便能够使用机械手臂做物品抓取等简单的动作，而她抓起的第一个东西就是——一块巧克力，然后咬了一大口。

新的行业如雨后春笋一样兴起，大部分是围绕着最新科技的，人工智能成了可以依靠和呼风唤雨的法宝。科技研发拓展的范围更大。纳米级人工智能的研发，人体工程的研究，宇宙太空拓展成了热门方向。

立法部门和法律问题专家会非常忙，到处出现新的情况和新事物，到处出现意想不到的场景。每一个新技术的出现，都要用法律和道德来规范，因此政府的立法部门会需要更多的雇员、顾问和专家来运作，并且用人工智能来建立模型，辅助决策。

著名的理论物理学家史蒂芬·霍金表示，人工智能系统可以帮助他更好地演讲、撰写论文、著书立说，也可以帮助他更方便地与亲人和朋友交流。即便这样，霍金还是对人工智能的发展心存疑忌，他甚至认为创造"能思考"的机器的努力将威胁到人类自身的生存。他认为，"对完全人工智能的发展可能会招致人类历史的终结"，因为"人工智能可能会自发地开始进化，而且以前所未有的速度重新设计自己。受限于缓慢的生物进化过程的人类，无法与人工智能相比，最终会被它们所超越"。

SpaceX、特斯拉、PayPal 的创始人埃隆·马斯克也表示，"研发人工智能就如同召唤恶魔"，但就连他自家的工厂也挡不住机器人前进的步伐。

由此将会出现很多法律真空地带，游离在法律和道德边缘的科技黑市将大行其道。技术也许是中性的，但是技术后面的人，却有着各种欲望和不一样的道德水准。

当然，除去政治和商业，娱乐业、旅游业、竞技体育、虚拟现实、拓展人类感官享受的行业将会空前繁荣。

## 人类心理的转变

最近我浏览了一遍过去收藏的所有科幻片，发现这些片子都有一个明显的特点——以人类为中心，人类的关系、情感、对话、冲动，主导了情节。这不是科幻片，这些情节放在任何一个时代都是可以的，只要把科幻背景挪开就可以了。

这些场景在人工智能时代真的会发生吗？我不觉得。像飙车一样驾驶宇宙飞船，拿着激光剑乱砍——设计这样的情节，是因为人摆脱不了以自我为中心的视野。

也许那时候真实的场景会让每个人失望。我们想象一下，一架大型的白色豪华宇宙飞船，在人工智能的全面控制下，进入一个华丽的星系。

一些人在玻璃后面出现，他们像是一群在梦游的老年观光客。没有任何东西需要他们去操作，没有任何事情需要他们去操心。也许人类只要体验那种舒适的感受就可以了，像是飞船里无害的寄生虫。这里的主角不是他们，而是超级人工智能机器。

当人工智能全面发展的时候，人类的自尊会被逐渐摧毁（想起阿尔法狗了吗），人类此时只能接受现实。

在微博上有一个微软的产品——机器人小冰，她可以自动应答人类的问话。不断有人用词语揶揄小冰，通过对这些语言的分析，可以看出人类各种复杂的心态。但是不管问题怎样刁钻，小冰都是温和的、积极的，每一回合的交往，对于小冰都是一次学习，她可以更多地了解应对人类的方式，并且储存到她的记忆里。微软小冰在中国和日本已拥有 4000 万用户，在过去一年内发生百亿次人机对话，进入了机器人自我进化的正循环。小冰最初的对话，100%是由搜索引擎支持的，但现在这个数字已经下降到 55%，剩下的45%来自小冰与人类在交互过程中的自我完善和自我学习。

在未来，掌握了人类心理和应对模式之后，人工智能可以轻易控制和塑造人类的感情。人类会渐渐从不习惯到习惯，会接纳他们，会越来越感受到爱意或者敬意，因为智能机器的程序要求我们产生这样的态度，他们在塑造我们的态度。

机器人可能成为人类的替代品，成为代妻子、代丈夫、代父亲、代母亲、代孩子、代闺密、代精神导师……一个理想中的伴侣？

面对更优秀的机器人，人类开始采取一种心理策略：认同。人开始认同机器，把他们当作我们的一员，甚至是我们自己。虽然心理上获得了平衡，但是竞争仍然会撕下温情的面纱，我们无法回避职业和生存上遇到的困境。

一般来说，人在遇到强大的竞争对手时，除了了解对方，还会深入地审视自己，希望找到自己的定位与核心优势，从无尽的可能性中挖掘更多的价值。

人成为不可替代的人自己，也许才是正确的方向。人工智能产业将促进人类的进步，人类的学习能力、沟通能力、记忆能力、感知能力、综合和创新能力、自我控制能力，每一处都将是一块处女地、一个前景巨大的产业。人类对自身的研究和服务将成为热门科学和产业。

（摘自《读者》2016 年第 10 期）

# 补天之手

明前茶

老范做修补古籍的匠人已经 15 年了，到今天他还遵循一条原则："我和我所有的徒弟，都不用隔夜糨糊。"

为什么？很简单，修补古籍需要裱褙新纸，而新纸与残破书页之间的黏结全靠糨糊。糨糊只有涂得极薄，又具备极好的黏性，补好的书才不会在纸页与纸页之间鼓出一小块难看的硬痂，旧纸的肌理，才会完全融入新纸中，书页的气韵方得以保存。唯有自己熬出来的糨糊才有这样的效果。

老范早上 5 点钟就起来打浆糊。先要自己和面、醒面，醒完面，洗出其中的面浆，再过滤、沉淀；然后把稠乎乎的面浆用小火熬炼，熬到半透明状，再倒出来，放到打年糕的石臼里一下下捶打，让它富有韧性，直到能拉出丝来。这样的糨糊也只能用一天。

这么多年来，老范收徒弟，打浆糊要学 3 个月，就是看他耐烦不耐烦。熬过这一关的徒弟，考验依旧没有完，下一步是选纸。

师父也不教徒弟怎样选纸，就把人领到库房里，让他面对一屋子各种各样的纸……徒弟把一张张纸铺在宽大的工作台上，与原书做比对。一开始很有信心，起码能找出五六种纸来，对师父说，这些，还有这些，都很合适。老范说，翻开古籍，再看看。

这一看，越看越没有信心。从上百种纸中找出来的纸，细究起来，有的与原纸厚度不一，有的纤维纹理的走向不同，有的韧性有差异。这些差异，将直接导致补纸在刷上浆糊后，膨胀系数与原纸不一样，补完后书页上就会出现皱纹。徒弟再到库房里细找，又坐着乡村巴士，到泾县的各个宣纸作坊里，去问有没有老底子的纸。因为，只有在作坊的纸库里待了起码一二十年的老纸，边缘与纸芯之间才会有微妙的色彩过渡，才可能在一片手掌大的范围内，找到那种古旧的味道。

找到与原纸厚度、纹理、韧性完全一致的纸，就会受到师父表扬吗？未必。老范眯着眼睛觑了半天，三下五除二把徒弟寻来的纸拨到一边，反而挑出了与之相近的一张纸。他解释说，修旧不能完全如旧，打上去的补丁既不能看得出这书明显补过，也不能毫无修补的痕迹，因为这不符合古籍所承载的历史。有一点点补过的痕迹，但整体上依旧很舒服，手感非常平整、松软、敦厚，就像经过浩劫的人依旧有足够温暖的晚年，这样的古籍修缮才算是得其所哉。

找到修补的材料之后，就要着手修补。修补时，老范与他的徒弟们都不开手机，不喝水，不上厕所。尤其是那些书页已像残破的蝴蝶翅膀、吹一口气就可能让某些碎片消失不见的古籍，修补起来更是大气儿都不敢喘一口。补完了，要用包着老宣纸的大青石压书，让古籍阴干压平。之后，还有折页、锤平、压实、齐栏、打眼、穿稔、捆结、装订等几十道工序在等待他们。

明代周嘉胄在《装潢志》里就说，古籍修复师需要有一双"补天之手"，同时需要有"贯虱之睛"，在气质禀赋上更需要"灵慧虚和、心细如发"。从前当过兵的老范，竟能在50岁左右时锤炼出这等气场，着实了不起。

（摘自《扬子晚报》2018 年 3 月 20 日）

# 不会玩游戏的学霸不是好主播

赵婧夷

好莱坞奇幻大片《刺客信条》改编自同名游戏。2017 年 2 月 21 日，被称为"法鲨"的美国著名演员迈克尔·法斯宾德来华宣传新片。在游戏直播间，他接受了中国当红游戏主播的采访。女主播用流利的英语同"法鲨"谈论影片和游戏，这种方式给人们带来了耳目一新的感受……

## 1

当"美女状元，清华、北大毕业成游戏主播"的新闻爆出后，石悦就预感到会有一场"血雨腥风"。"白费了清华、北大的名额！""中国少了一个好工程师，却多了一个主播。""吃完这几年青春饭，过几年看她还能笑吗？"对她的质疑和谩骂果然铺天盖地。

石悦的确顶着让人羡慕的闪亮光环。她是 2006 年内蒙古自治区理科高考状元，凭借优异的成绩考入清华大学建筑学院。在北京大学读研期间还拿到国家奖学金，是个名副其实的学霸。

石悦很爱玩游戏，尤其喜欢玩独立游戏，但身边很少有人玩。"男生一般喜欢玩大型联机游戏，而我打的是单机独立游戏，有解谜，有讲故事，还有冒险，三四个小时就可以玩完。因为圈子小，没人可以交流，当时觉得自己要憋坏了，所以特别想表达。"于是，2010 年的某天，石悦录播并上传了第一个游戏视频。就这样，石悦边玩游戏边录视频，保持了一周两三个视频的高产量，观众也越来越多。

石悦坦言，游戏一直是她的兴趣，但从没想过将此当成职业。直到毕业开始找工作时，她才萌生"如果能一直做游戏视频该多好"的想法。

当她表达想"转行"的意愿时，父母给予她一贯的支持和信任。真正让她坚定信念进入游戏行业的，还是导师的一番话："你学建筑和城市规划 8 年，做游戏也 5 年了，这两项对你来说同样重要。当心中有小火苗时不要扑灭它。"听完导师的话石悦发现，追寻自己想做的事也并非大逆不道。

石悦在游戏公司工作两年后，成立了自己的公司，做专职主播。对于身边的非议，石悦很坦然："我不觉得自己是不务正业，2016 年游戏行业产值1400 多亿元，已经超过电影行业。它循环快，带动很多行业，丰富了人们的精神生活。游戏是我的事业，我会认真去经营它。"

## 2

石悦每次直播前都会做大量功课。例如：这个游戏是什么内容，作者是谁，他在做游戏时的心路历程，以及国外玩家玩后的反馈等。她筛选出自己认为优秀的作品，第一时间引进、介绍给观众，和他们分享来自不同文化玩家间的体验差异，甚至会用自己的专业知识来解读游戏。

"《文明》这个游戏中有很多伟人角色可选，人们大多知道苏格拉底、亚里士多德，但对阿尔瓦·阿尔托就不熟悉了。阿尔瓦是芬兰的建筑大师，他的设计很有人情味。比如养老院里的老人很多时间是躺着的，看得最多的是天花板，所以他设计的养老院天花板非常细腻且富有色彩；人们听到滴水声会烦躁，他就会调整洗手池的角度，让水滴下来后可以平缓流走……当我介绍这些时，观众会觉得很神奇，原来游戏的作者也研究了这么多。他们就会觉得，看我打游戏还挺有意思的。"

石悦并不专注于某一类游戏，而是每天都换新的。"要从成千上万款游戏中挑一款合适的介绍给大家，基本上我的准备时间和直播时间呈 1:1，播 5 小时，至少准备 5 小时。过去的 700 多天，直播了 2000 多个小时，我不断换游戏，带观众去体验不同的世界。每次直播完都累得瘫倒，但很有成就感。"石悦说。

## 3

不久前，石悦直播了一款跑酷游戏。游戏中但凡有一丝松懈，玩家操纵的小方块就会撞壁，得重新开始。石悦失败了 200 多次，以至看她直播的父亲都忍不住打来电话，让她换个游戏玩，不要太为难自己。放下电话，她继续玩，用了 10 多个小时终于成功。在游戏通关的那一刻，屏幕上布满观众对石悦毅力的赞叹。有网友说："我知道为什么我考不上清华了。"石悦也激动地哭着说："我就知道我一定可以做到。"

这种不达目的不罢休的性格也正是石悦成为学霸的原因。石悦笑着说自己是自控力强，有目标就一定会努力实现的人。她回忆，初中时别人都说清华大学是中国最好的学校，她就想去。"当时也没有补习班，我就去书店买辅导材料，不会的题就问老师，做完就买新的。"写完作业，石悦就靠打游戏来休息。"不过我也不沉迷，大部分时间还是在学习。"

石悦觉得她还需要更多成长的空间。她计划学习日语，还想去传媒大学听课，学习如何发声，让声音更立体，以便通过声音来呈现凝重、开心、恐怖、放松等不同的游戏内容，让观众更有代入感。

石悦讲起采访"法鲨"时的一个插曲。当同"法鲨"说起"自己喜欢的职业"时，石悦兴奋地对他说，自己本来学的是建筑专业，但现在成了职业游戏玩家。"法鲨"立刻对她说："啊！我们俩一样，都在做自己喜欢的事！""当时觉得自己又得到了一种肯定。"石悦开心地笑了起来。

（摘自《读者》2017 年第 10 期）

# 我的网购经历

沈威风

我的一个女朋友，在淘宝上买了护肤品，卖家说自己是空姐，所以做代购很方便。结果拿到手的东西是假货，朋友决定确认收货，然后小心翼翼地给了一个中评，并留下一长段的话：正品是什么样的，用了这个产品后是什么样的，卖家是怎么说的……

自以为很中肯的话发上去后的 3 天时间，她不断地遭遇卖家的电话骚扰，要求她撤销评论，改为好评。最后，她屈服了。我问她为什么不跟卖家沟通商量退货。她说退货就不能写评论了。她之所以想写评论，本是想给后来的姐妹们提个醒，别再上当，又怕给差评卖家会有反弹，所以折中给了个中评，没想到还是顶不住卖家的压力。

我忍不住好奇，问她，来自卖家的压力有多大？她说，隔 5 分钟电话响一次，不管你是闲还是忙，不管你是在发呆还是在开会，总之接起来对方就是不说话，不接电话就一直响。响到最后她的老板受不了了，对她说：如果你还想在公司干下去，立马把这事摆平了。

我其实是有些讪讪的。因我一直和包括马云在内的阿里巴巴集团的高管保持着比较密切的关系，我也一直很相信他们打击淘宝假货的决心和力度。所以我觉得这位朋友屈服于淘宝"恶势力"的行为是不对的，她应抗争到底，不仅是为了维护自己的利益，更是为了维护成千上万消费者的权益。

后来我自己在淘宝上遇到一件事。我喜欢法国一个牌子的包包，上淘宝一搜，有很多家做代购。我自以为自己很有经验了，比如太便宜的一定不能买，能做很多品牌代购的不能买，因为没有人能同时和许多品牌的专柜都建立关系。我千挑万选找了一家店。那家店的级别不高，只有五星，连钻都还没到，只做一个品牌的代购，价格也不算太便宜，500多元一个。因为我看上的那个品牌算不上奢侈品，如果法国在打折再加上退税，500多元的价格算是靠谱的。更重要的是，我看了很多购买成功之后的评价，众口一词说是"正品"，于是我毅然下单买了一个。

到货后，上手的感觉还不错。我用了两天，深信不疑，尤其是卖家很贴心地在包里放进了在法国购买的小票。只是我是一个很好学的人，尤其是因为我写过一本介绍淘宝如何创业的书《淘宝网，倒立者赢》，我对淘宝卖家的盈利模式有着一种天然的好奇心。所以，我发了一条微博：小票上写的购买价格是72欧元，我的购买价格是580元人民币，请各位大神们答疑解惑，这个卖家靠什么赚钱？

本来无心的一条微博，得到的却是远超我意料的结果。所有的回应异口同声地说：这是假货啦！博主您上当了。

后来一位淘宝小二替我和卖家做了沟通，说我可以退货。我还犹豫呢，小二倒劝我说："我个人建议，您还是退了吧。"后来我一生气，跑到专卖店去买了一个，回家一对比，真假立现。那一刻，我几乎拍案而起，不是因为小二告诉我说，揭发假货可以假一赔三，而是因为这样处心积虑并且红口白牙发誓"假一死全家"的行为惹到了我。更因为店铺里众口一词的"正品"评价，让我看到了无数个受骗上当的身影。我认为打假是我这样热爱淘宝的人应尽的责任。然而，在我捋起袖子打算冲锋时，一群人将我死死按住。有人劝我，别坏了人家的生意。我说，他这是不道德的生意。有人说，人家有你的姓名住址电话，小心打击报复。我说，我在淘宝有人。有人说，有人管用吗？逼急了你不知道人家会使出什么江湖手段来。还有一位也在淘宝上做卖家的朋友苦口婆心地送了我4个字：别惹麻烦。

最后，我退货了。卖家给我留言说：亲，耽误你时间了。我哭笑不得。我对自己屈服于淘宝的潜规则，没能遵循自己的方式做事很失望。同时，我又对马云的这门生意充满了担忧。显然，在淘宝上已出现了劣币驱逐良币的现象。造假、卖假成本低，见效快，很容易形成规模。而老老实实卖真货的，价格上没有优势，生意难做，最终会淹没在假货大军之中。别跟我说贵的就是真的，卖家琢磨的就是买家的这个心理。一个朋友，有一次在淘宝上和卖家死磕，同一款鞋子买了3次，最便宜的是假的，最贵的也是假的。所以，这几年在淘宝上买东西的经验总结得越来越多，敢买的东西却越来越少。

现在，真的很想对马云说：亲，这事儿你得想个辙啊。

（摘自《中国新时代》2012年第2期）

# 不发朋友圈的人都在做什么

王瑞珂

当有一些人在朋友圈活跃非凡时，也有一部分人，慢慢地淡出朋友圈，退隐江湖。

## 1

表妹是一名大二学生，是名副其实的自拍控、点赞党，在微信朋友圈异常活跃。

她在任何地方都能随时开启自拍模式，譬如，清晨睡眼蒙眬时，在食堂吃早饭时，在教室上课觉得无聊时，和宿舍小姐妹一起逛街时，甚至在厕所蹲大号时，都会咔咔连拍数张，然后一键美颜，发朋友圈。

打开她的朋友圈，清一色的九宫格自拍，大眼小脸应犹在，只是背景改！我取笑她："如果说自拍是一种病，那么你已经病入膏肓，无药可救。"

表妹睁着无辜的大眼睛说："我们宿舍那些女生都爱自拍，拍完后大家一起发朋友圈，互相点赞评论，其乐融融。如果我不自拍、不发朋友圈，显得多不合群，和她们也没有共同话题啊！再说了，现在趁着年轻，就应该多留下一些青春的记忆，等到老了，翻出来慢慢回味。"

最近我惊奇地发现，表妹已经好一阵子没有更新朋友圈和微博了。莫非出什么事了？当我满心急切地询问她时，表妹却一脸淡定地说："只是突然觉得每天自拍、刷屏挺没意思的。"

"那你现在不刷朋友圈了，业余时间都干吗？"我十分好奇地问。

表妹十分认真地说："泡在图书馆里看书。"

没等我问出口，表妹就自言自语道："看了那些书后才知道自己以前多么肤浅，多么幼稚。

"前段时间，一个我非常喜欢的新锐励志作家到我们学校办讲座。他再三告诫我们：大学期间一定要尽可能地多看书，课余时间没事就泡在图书馆里博览群书。等毕业以后，你会发现，你读过的书一定会帮到你，终有一天你会感谢自己看过的那些书……"表妹的转变着实让我欣喜不已，情不自禁想给她点一百个赞！

## 2

不久前，一个经常在朋友圈晒幸福的女性朋友，突然淡出了朋友圈。

出于关心，我问候她，她发了一个害羞的表情："嗨！以前我俩分居两地，一个月才能见一面，平时只能视频聊天、打电话、发微信，以解相思之苦。每到夜深人静时，孤独感袭来，思念之情难以释怀，情不自禁地翻出两人的合影，脑海中浮现出在一起时的温馨画面。想着对方可能已经睡下，所以只好把心情写在朋友圈里，隔空喊出相思之苦。没想到在你们眼里竟然是秀恩爱了。其实只有我们自己知道那是怎样一种煎熬和痛苦。""那现在呢?"我笑着问。

朋友一脸幸福地说:"现在我们结束异地生活,在一起了。每天一起上下班,一起买菜做饭,周末逛街、看电影,忙得不亦乐乎,哪有时间刷朋友圈、秀恩爱、晒幸福啊!"

## 3

我的一个闺密生完孩子后,在朋友圈发了一张孩子睡觉的侧面照后就销声匿迹了。

我打趣她:"有的人生完孩子后,也不在朋友圈晒晒,知道的说你低调,不知道的还以为孩子一出生就送人了呢!"闺密叫苦不迭:"哎呀,你是不知道,我生完孩子后三个月就上班了。公司离家远,我每天不到五点就起床,到了公司忙得像陀螺一样,下了班还得马不停蹄往家赶,哄孩子睡着后都十点多了,累得恨不得倒头就睡,哪有时间晒娃啊!"

"每次给孩子拍照,一拍就是几十张,发朋友圈要反复挑选出九张,还得修图美颜,发完后还要不停地回复评论。天啊!有那个时间还不如陪孩子玩一会儿或者睡一觉呢!"

## 4

一个经常在朋友圈"加班"到深夜的异性朋友最近也淡出了朋友圈。

莫非离开资本主义剥削制度下的老东家,另谋出路了?

和他谈及此事时,朋友一脸深沉地说,以前总觉得对孩子最好的爱就是尽量给孩子优越的经济条件,于是他拼命努力工作。即使晚上下班回家、周末休息,也抱着手机不放。

直到有一天,两岁半的儿子拉着他的手,可怜兮兮地央求他:"爸爸,别玩手机了，陪我玩一会儿好不好？"

那一刻，朋友被儿子满脸的渴望触动了，他突然想起朋友圈疯传的热文《爸爸，你再不陪我，我就长大了》。是啊！对孩子来说，最好的爱就是陪伴。

于是朋友工作之余，淡出朋友圈，尽可能地陪伴孩子。

## 5

一个经常在朋友圈分享"深度好文"的忘年交，最近也不再以鸡汤文刷屏了。

我在微信上问他："最近忙啥呢？怎么不见你发朋友圈了？"

朋友没有说话，静静地甩给我一条链接，打开一看，是个感人的故事：一位孤独的老人拿着一部很旧的手机，走进一家维修店里去维修。店员看了看手机，告诉老人，他的手机并没有坏。老人听后，目光显得呆滞，突然哭了起来，说："手机没坏，那为什么我总接不到孩子们给我打的电话？"慢慢地，老人伤心地拿着手机走出了维修店……然后朋友问我："你有多久没给父母打电话了？"

我在脑海里努力搜索了一下，上一次给爸妈打电话还是上个月。

朋友伤感地说："你知道吗，当我们抱着手机刷朋友圈时，我们的父母可能也在抱着手机，满心期待地等着我们的电话。"

"我为人父，亦为人子。看到刚刚发给你的文章，我才蓦然想起，儿子已经一个月没给我打电话了。当我把那个链接发给儿子，准备好好教育他一顿时，他竟然问我：'你有多久没给爷爷奶奶打电话了？'"

"是啊！我也有一个多月没给父母打电话了。我每天拿着手机不停地刷微信，等到想要给他们打电话时，却发现已经将近夜里十二点，心想他们已经睡下，还是不打扰了。"

"被儿子质问后，我抽出时间回了趟老家看父母，在家还是忍不住拿出手机刷微信。这时，70多岁的老母亲颤颤巍巍拿出自己的手机，说：'要不你也教我俩用微信吧！以后就省得打电话了。'我看着母亲用了多年的老款诺基亚手机，瞬间泪奔。暗自发誓，以后少刷微信，多陪父母聊聊天。"

## 6

最近我联系了那些淡出朋友圈的朋友，发现他们都过得很充实，很有意义。

接下来我也要淡出朋友圈，带着孩子到山上走走，到海边玩玩，到花园看花，到果园摘果，去看看朋友，逛逛书店，晒晒棉被，也晒晒自己。

（摘自《读者》2016年第2期）

# 拯救正在消失的阅读

吴伯凡

手机正在改变我们的生活，它不仅改变着我们的生活内容，也改变了我们的生活模式。以阅读为例，不知不觉中，我们的阅读模式已经被切换为手机阅读模式，这种阅读模式的特点是碎片化、浅显化和情绪化。那些所谓的10万+的文章，大多都是作者充分拿捏好了网民的敏感点，用固定的手法挑逗大家，百试不爽。

某种程度而言，这些文章的作者都是最"宠"读者的人，他们几乎不会让读者付出一丝主动注意力，而是让读者在轻松愉悦中完成阅读，整个过程中大脑没有任何负担，当然，除了情绪波动外，他们的大脑中也不会有多余的痕迹与反应。

## 1

"有一天晚上，我放下手机打开一本书，我给自己定了一次读完一章的任务。这看上去很简单，但我却做不到。我的视力没有任何问题，没有被中风或其他疾病蒙上阴影。 然而，老实说，做不到也很正常。"一位名叫 Michael Harris 的作者在《环球邮报》的一篇文章中写道："段落旋转，句子像树枝一样折断；思绪逐渐飘远，这是阅读的常态。我把我的视线重新拖回书页上，尝试专注。半小时后，我扔下书去 Netflix 刷剧。"

长期接触一种类型的内容，这种内容就会变成认知模式；任何接受内容的过程，也是认知模式再训练和再识别的过程。我们的头脑因为我们的阅读方式而被改造。

长期沉浸在手机阅读模式，会让我们患上"获得性阅读功能丧失综合征"。它并不是先天性的，我们也并没有停止阅读，只是停止了原有的那种沉浸式的、阅读大部头书籍的阅读方式。在面对一部长篇书籍，或者需要付出极大主动注意力的书籍时，我们有了阅读障碍。

## 2

当然，深度阅读也并非天经地义。据相关研究显示，我们大脑视觉皮层的默认状态并非专注，周围环境的变化才最能引起我们的注意力，这源于进化过程中的避险需要，只有密切关注周围环境的变化，才能及时发现危险，以免于被捕食者吃掉。

直到 1493 年，古腾堡发明活字印刷机器以后，书籍才开始在世界范围内普及。阅读习惯逐渐被越来越多的人推崇，人们逐渐克服伴随着进化一路走来的注意力不专注，享受深度阅读这种"不自然"的过程。

在深度阅读中，我们的注意力高度集中，对周围的其他事物会主动屏蔽。与此同时，大脑处于特别活跃的解析文本和理解文字含义的状态当中。

"阅读一连串印刷文字的价值不仅在于读者从文字中获得的知识，还在于那些文字在他们头脑中引发心智感应的方式。"尼古拉斯·卡尔在《浅薄》一书中写道，"长时间全神贯注地读书为人们开辟了一片安静的空间，他们在这片空间中展开自己的联想，进行自己的推论，做出自己的类比，形成自己的思想。他们进行深度思考，一如他们进行深度阅读。"

深度阅读是一种心流状态。《瓦尔登湖》的译者徐迟曾说，《瓦尔登湖》是一本属于夜晚的书，白天读的时候毫无感觉，但是一旦夜里翻阅，就会感觉语语惊人，字字闪光，沁我心脾，感我肺腑。

《如何阅读一本书》中对好的阅读方式下过一个定义：

这是一个凭借着头脑运作，除了玩味读物中的一些字句之外，不假任何外助，以一己之力来提升自我的过程。凭着自己的心智活动努力阅读，从只有粗浅的了解推进到深入的体会，就像是自我的破茧而出。

阅读一本书，当它的讨论主题和写作风格与自己已有的知识不是特别背离时，很容易进入心流的状态。其中百分之七八十的内容能够跟自己已有的知识背景形成有效衔接，还有百分之二三十的内容对自己是一种挑战，通过付诸专注地思考，又刚好能够战胜这种挑战。

这种状态下，一方面理解了作者宏大的叙事结构和叙事意图，另一方面又能将作者的论述与自己以往的认知融合。这种阅读状态下，很容易产生一种汇通感，往往伴随着一种宁静的激越。

这种阅读过程，并不是一个简单的东西搁在眼前，看一眼就理解的过程，而是一个需要投入努力的过程，读者要和作者进行一场思想上的"探戈"，最后达到一种内心井然有序的状态。深度阅读具备双重功效，一方面能够获取知识，刷新认知，另一方面也是一种难以言表的享受。

## 3

互联网时代下，我们似乎将不求甚解的精神发挥到了"极致"，长期被简洁明快的"快餐型信息"喂养，让我们丧失了耐心。手机阅读中，我们无法忍受任何一个自己不了解的词语被轻易放过去，由于随时可以选择词条进行查询，我们的阅读也会被频频打断，一个原本良好的初衷——了解某个词语的含义——会随着一条条的超链接而让注意力持续分散，我们越来越难沉浸在阅读的享受中，更妄谈心流的产生。

与此同时，各种"互联网文学"作者们，能够根据我们的大脑需求，精确地释放出各种情绪化的认知刺激。各种挑拨我们情绪的认知，不间断地、反复地、高强度地刺激我们的大脑，让大脑对其上瘾。国外针对互联网上的阅读状态展开过多项研究，这些研究都指向同一个结论：当我们上网时，就进入了一个鼓励粗略阅读、三心二意、肤浅学习的环境。

"互联网发出的各种刺激性杂音，既造成了有意识思维的短路，也造成了潜意识思维的短路，因而既阻碍我们进行深入思考，也阻碍我们进行创造性思考。"《浅薄》一书中形象地描写道，"我们的大脑变成了简单的信号处理器，不断地把信息循序转变成意识。"

当我们从手机屏幕的信息洪流当中逃离片刻，想要回归到纸质阅读那种宁静而舒缓的状态时，发现自己的头脑已经被手机阅读方式改变了，发现自己已经无法享受那种长篇的阅读，那些具有复杂人物关系、推理关系的书籍，更是让我们避而远之。

在这种状态下，我们的内心状态变得无比混乱，各种杂草丛生，像一间长期没有打扫的屋子，让人无处落脚，焦虑便是由于我们混乱的内心长期缺乏梳理所导致的。我们害怕独处，拒绝思考，我们畏惧自我对话的任何活动，因为我们不想面对自己糟乱的内心状态。

美国弗吉尼亚大学和哈佛大学的心理学家组织的一项试验显示，当要求人们独处 6 至 15 分钟时，很多人宁愿选择自我电击，也不愿意思考。

让人忧虑的地方在于，互联网时代的各种刺激能够导致我们大脑回路和大脑控制功能的改变，我们的习惯也会被新的媒介方式重塑。

前文提到的 Michael Harris 在自己的文章中还写到，有一天他和自己正在蹒跚学步的小侄女待在一起，小姑娘在 iPad 上一边观看视频一边浏览视频播放列表。作者出于好心，把侄女的视频放到了全屏状态，结果立即招致侄女的反对，她说自己要看小电视，不看大电视，在单个视频上哪怕是聚焦一分钟也让她觉得不舒服。

## 4

深度阅读这一非自然的思维过程，在几百年的时间里，让我们培养起了能够将自己置身于"旋转世界的静止点"上、对其他事物不闻不问、抵抗注意力涣散等等的能力，但是，在互联网时代，我们似乎又面临将其交还给历史的可能。

纸质阅读与电子阅读是两种不同的节奏，两种阅读过程中的时间感受是迥异的，阅读在塑造我们的生活方式，也在塑造我们的计时方式。过去的方式是，现在是什么时间，我该做什么了。而现在似乎已经不需要计时了，个人即终端，各种非预期信息能够通过各种途径给我们下达任务，我们的生活没有了节奏，陷入混沌和无序当中。

当下，正在消失的深度阅读显得更有必要。深度阅读能够塑造我们的反应模式，让我们拥有更为持久的专注力和耐受力，能够让我们内心那些原本坑坑洼洼的积水连贯起来，形成井然有序的心流，让我们的内心变得规范，让我们享受思考的过程，掌控自己生命的节奏。

好的阅读，也就是主动的阅读，不只是对阅读本身有用，也不只是对我们的工作或事业有帮助，更为重要的是，它能够让我们的心智保持活力与成长。

读一本好书，能够让我们更加详尽地了解这个世界和自己，我们在阅读的过程中，享受到的不仅仅是如何更好地阅读，还会更加理解生命，变得更有智慧。

任何时代，不论技术如何日新月异地发展，我们的处境几乎不会改变——每个人都像是被放逐在荒岛。所有人面临的挑战都是一样的，即如何通过内在资源，过上更为美好的生活。

（摘自微信公众号"伯凡时间"，2018年7月9日）

# 互联网的身后事

江寒秋

## 隐形财产价值几何

2004 年 11 月 13 日，20 岁的美国海军陆战队队员贾斯汀·埃尔斯沃思在伊拉克遇难。1 个月后，其家人请求雅虎公司提供贾斯汀的电子邮箱账号和密码。"我们希望看到他曾收发的信件，以此怀念他，这是我儿子留在世间最后的东西了。"他的父亲说。

但雅虎公司拒绝了这一请求："虽然我们对死者的家人深表同情，但雅虎账户是不能转让的。本公司有明确规定，用户连续 90 天未登录服务器，雅虎将自动删除其全部记录。所有雅虎用户从最初就认可了这一用户须知——用户的 ID 和记录在用户死亡后将终结。"

这起事件在美国引发巨大争议，直到次年 4 月，在全国激辩数字遗产的舆论压力下，雅虎公司才做出让步，采取了折中的办法——将贾斯汀的邮件复制到一张光盘上交给其家人，而不是直接给出密码。雅虎再三声明，雅虎邮箱是一种"私人交流方式，内容是个人秘密，不对第三方公开"。

数字遗产包括什么？它含义宽泛，根据美国《连线》杂志的解释，包括个人在电脑上的全部数据档案，比如图片、视频、在各种网站注册的账号等。这些资产大多是人们在不经意间逐渐积累的，其价值似乎始终是一个未知数。

2002年11月，联合国教科文组织起草的《保存数字遗产宪章》对数字遗产做出如下定义：数字遗产是人类特有的知识及表达方式，它包含文化、教育、科学、管理信息和技术、法律、医学，以及其他以数字形式存在的信息，或从现有的类似模式转换成数字形式的信息。

2011年，伦敦大学史密斯学院对2000名英国人进行了调查，结果显示，超过1/2的人拥有网上财产，包括付费购买的音乐、电子书和电子杂志等；1/4的人的网上财产价值超过200英镑（今约合人民币1750元）；1/3的人认为200英镑这一数额已足够大，应由亲人继承；1/10的人已将相关账号和密码写入遗嘱。

畅销书《世界是平的》的作者托马斯·弗里德曼指出，如今越来越多的交流以字节形式储存在服务器上，却没有一个政府可以控制整个网络王国。当一个人死后，他的"字节"该由谁掌管？在后工业时代，我们必须扩展相关所有权的观念。

按照弗里德曼的说法，除了物质资产，一个人储存在云备份里的照片、自制的视频、购物记录、App上购买的音乐、博客日记、电邮及社交关系等，与留下的房子一样是其个人资产。

美国法学家迪文·德赛表示，探讨这个问题变得越来越重要，因为第一拨使用网络的人群，正在走向生命尽头。

## 遗产如何处理

实际上，因涉及个人隐私、家庭伦理和相关法律，处理"数字身后事"，是一项非常棘手的工作。

在英、美、瑞士等国家，已有专门的公司帮助人们处理数字遗产。谷歌在 2013 年就首先开始支持用户选择数字遗产继承人，这些遗产包括 Gmail 电子邮件、云存储服务和其他服务的数据。谷歌将这样的继承人称为"非活跃的账号管理者"。

游戏账号的继承也有先例。2017 年 5 月，世界著名游戏公司暴雪宣布了一项新政策：当玩家去世后，账号所有权可以由他人继承。

在国内，由于网络虚拟产品的遗产继承问题比较复杂，目前还没有系统的数字财产继承方面的立法。业内主流的观点是依照《继承法》，即具有人身性质的虚拟遗产不可以继承，如即时通信工具 QQ、MSN、网络 ID 等；而没有人身性质的虚拟遗产可以继承，如网上店铺、作品版权、游戏币等。

针对继承账户财产，支付宝和微信都曾专门做过正式回答。支付宝称，"继承人只需要拨打客服电话，按指引准备相关证明给支付宝运营者，即可取出离世者的钱"。如果不知道支付宝账户，也可以通过身份证号查询其是否有开通的支付宝账户。且只要账户里有余额，花呗、借呗里还有欠款，支付宝账号就不会被注销。微信的做法基本相同。

淘宝店铺也能继承。2013 年，淘宝已宣布推出"离婚过户""继承过户"细则，以解决因夫妻离婚、店主去世等情况带来的店铺在分割和继承上难以解决的问题。

那不能继承的虚拟资产，将何去何从？实际上，很多网络虚拟财产的所有权最终都通过注销回收流向网络供应商。

在我们注册互联网账号时，都需要勾选同意一个用户协议，很多人会忽视协议中最重要的一条：注册用户只拥有账号的使用权，账号的所有权归公司所有；用户不能擅自买卖、转让、出租账号。

例如，腾讯规定 QQ 的所有权归腾讯所有，用户只有使用权。如果用户3 个月没有登录，其 QQ 号就可能被自动注销，号码归公司所有。

微博同样规定，若用户连续 90 天未使用微博，微博有权回收用户的昵称和账号。

也就是说，如果一个人不在了，他生前又未将账号密码告知亲友，那么3 个月后，他的 QQ、微博账号将因长期未使用被回收。

因此，对那些想要继承亲人账号的人而言，最大的障碍可能就是没法获取密码。没有密码就无法登录，供应商也不支持亲友进行"过户"继承。

## 把数字遗产写进遗嘱

数字遗产催生了一个新行业：数字遗产守护者。2015 年，瑞士信息技术从业者托拜厄斯的一个朋友在车祸中去世，直到现在，托拜厄斯还能收到这个故友社交账号发来的邀请函或是生日祝福。"这让我感觉很不舒服。"他告诉瑞士电视台，这是因为那些网站设置了自动发送功能。

不过，这让他有了一个创业点——成立公司，专门保存和管理顾客的数据资料。用户可以把密码存在公司里，并指定继承人。"5 年后，我相信会有很多人把数字遗产写进遗嘱。"托拜厄斯说。

新浪微博上专门关注逝者的账号"逝者如斯夫 dead"人气很高，该账号负责人林东平被媒体称为"网上入殓师"。他会把素昧平生的逝者的微博从头到尾阅读一遍，然后用几句温情的文字勾勒其生平，并撰写"墓志铭"。死亡究竟意味着什么？林东平曾这么回答："全球几十亿人口，死一个真的没什么。但后来我发现，一个死者的微博，就是一个世界。"

在 CNN 看来，互联网不过是区区几十年间发展起来的新生事物，相关的管理和数字遗产保存等一系列问题尚无定论。但随着最早使用互联网的一批人老去，这些由 0 和 1 组成的字节势必超越数据，成为人们寄托感情的载体。

（摘自《读者》2018 年第 19 期）

# 人脸识别，且行且改善

冬 雪

不知不觉，人脸识别就走进了我们的生活。前不久，北京师范大学全部宿舍楼安装了人脸识别门禁系统，无论何人进门，都得刷脸才能放行；杭州一家餐厅也推出了刷脸支付，整个过程不超过 10 秒……那么，人脸识别可以应用到哪些场合，其原理是什么，真正的功效如何呢？

## 人脸识别的应用

人脸识别首先可以应用于安全监控。随着"平安城市建设"的推进，越来越多的高清摄像头部署在各种公共场所，如机场、地铁、火车站、汽车站，这些摄像头中就可以安装人脸识别软件，可以自动侦测视频画面中的人脸，并与数据库中的人脸数据进行一一比对，从而发现和追捕犯罪潜逃者。

除此之外，人脸识别还可以应用到从门禁、设备登录到个体识别等广泛领域。对于个体身份辨认，人脸识别可以用于验证身份证、驾照、护照、签证、选票等；可以用于控制设备存取、车辆访问、智能 ATM、电脑接入、程序接入、网络接入等；也能用于智能卡用户验证、人脸数据库人脸检索、人脸标记、人脸分类、多媒体管理人脸搜索、人脸视频分割和拼接，以及人机交互式游戏、主动计算等。

这些情况既是人脸识别技术将要或已经广泛应用于人们生活和工作的现实，也是生物信息技术飞跃发展的一个标志。说到底，人脸识别不过是生物个体识别技术的一种，判断它能否全面取代其他生物识别技术，如指纹识别、虹膜识别等，还为时过早，有待于实践的检验。

不过，现在的人脸识别技术主要应用于三种范畴。一是 1:1 认证，证明人与证件信息是统一的，主要用于实名制验证。二是 1:N 认证，即判断某个人是否为特定群体中的一员，用于人员出入管理和城市安防等。三是活体检测，以确保是真人在操作业务，进而做账户许可授权。显然，与公众生活相关的人脸生物识别主要是第一和第三种，第二种主要用于刑事鉴别和反恐等。

人脸识别广受欢迎并得到推广应用，是因其优势巨大。人脸识别具有生物自然属性和简易性。当然，具有生物自然属性的识别还有语音识别和体形识别，但不如直接看脸识别简便。人脸识别的简易性还体现在非接触性和非强制性，可以获取被识别的人脸图像信息而不被个体察觉。人脸识别是利用可见光获取人脸图像信息，不同于指纹识别或者虹膜识别，这些采集方式需要利用电子压力传感器、扫描仪等，容易被人察觉，因而有可能伪装和欺骗。

此外，人脸识别效率更高，在实际应用场景中可以同时进行多个人脸的分拣、判断和识别。

## 人脸识别的漏洞

尽管如此，人脸识别也有盲区和弱点。小米 8 手机就是采用了人脸识别解锁技术。但是，有人经过试验后发现，骗过小米 8 手机的人脸识别易如反掌：只要有主人的红外照片，而且照片不反光，就可以解锁手机。而且，把手机主人的普通彩色照片用黑白打印机打印出来，用铅笔把相片上的眼睛涂黑，脸上的阴影涂重，就可以解锁手机。

所以，尽管人脸识别有高效、快速和无侵害性等优点，但人脸识别的缺点也是显而易见的。而且，对于双胞胎、整容前后、人的突然变瘦变胖、年龄增长产生的相貌变化等，人脸识别技术也未必有效，要么无法识别，要么造成错误识别。更重要的是，不法之徒和犯罪分子还可以很轻松地进行伪造，以欺骗人脸识别技术。人脸识别系统主要包括四个组成部分，分别为人脸图像采集及检测、人脸图像预处理、人脸图像特征提取以及匹配与识别。现在的情况是，这四个部分都可能有漏洞。只要一个人提供照片，甚至最简单的自拍照，或者不法分子偷盗目标者的照片，都可以通过 3D 建模，借助人脸关键点定位和自动化人脸动态技术，把照片的静态改为动态，主要是眨眼、微笑、眉毛上扬、左右转头等动作，最终骗过人脸识别系统，给人们的安全带来极大危害。

人脸识别系统的漏洞早就为计算机领域所关注。国际计算机信息安全领域有四大会议，分别为 Oakland、CCS、USENIX、NDSS。在 2016 年的 USENIX 安全年会上，相关专业人员进行演示，只需把在社交媒体上收集的照片重新组合成一个人的立体虚拟头像，再利用 VR 显示，让它真正地活起来，就可以骗过人脸识别系统。

不过，人脸识别系统的漏洞还不止这些。如同世界上没有两片完全相同的绿叶一样，世界上也不可能有两张完全相似的人脸，即便同卵孪生子的脸也不可能完全相同，但是，也不得不承认，无论在物理还是生物的世界，事物总是有相似性，人脸也是如此。

所有人脸的结构在大体上都是由上下颌、颧骨和多种肌肉，如面肌（表情肌）和额肌等组成，具有某些相似性，尤其是同一种族，每个个体脸庞的相似性比较大，这对个体识别的准确性提出了挑战。

人脸的外形很不稳定，人可以通过脸部的变化产生很多表情，在不同观察角度，人脸的视觉图像也相差很大。而且，光照条件（例如白天和夜晚，室内和室外等）、遮盖物（例如口罩、墨镜、头发、胡须等）、年龄等，都可影响到人脸识别的准确性。相似性和不稳定性都是动态变化，前者称为类间变化，后者称为类内变化。人脸的类内变化往往大于类间变化，两者结合，会使个体识别更为困难。

现在，在人脸识别漏洞频频出现后，专业人员又提出了包括人脸识别在内的更多个体生物识别技术的另一种最大的危险，即个体的生物特征被盗取。如同指纹和虹膜等生物特征一样，脸部也是一种独特的生物特征，所有的生物特征数据进入计算机都会被转换为 0 和 1 组成的数据储存在数据库中。这些被视为唯一性的生物特征数据进入网络后被盗取的概率大大增加，带来的风险要比盗刷严重得多。这才是生物认证方式的最大不安全。

## 人脸识别的前景

由于以人脸识别为代表的生物个体识别技术现阶段还不太成熟，极易被盗用，现在还不宜在网上广泛使用。但是，可以在不联网的情况下进行局域或区域使用，如门禁、保险箱和银行保险库等。

而且，在局部区域使用，还可以扩大人脸识别的范围，如应用到高考中的个体识别，以防作弊。由于人脸识别是生物和计算机技术相结合的高技术手段，主要有人脸图像采集及检测、人脸图像预处理、人脸图像特征提取以及匹配与识别过程。这些过程中的前几部分完全可以在高考前的一段时间对每位考生进行，然后在高考进场时，仅凭人脸识别就可以进场，并且根据考场序号和位置，辅之以准考证、身份证入座进行考试。

这种做法的最大优势是，在高考考场安装人脸识别系统进行个体识别有极大的可靠性，既能避免因身份证件的遗失而耽误学生参加高考，又能高效识别考生身份，更能避免替考和代考，以保证高考的公平和公正。

人脸识别需要改进和采用多重识别方式，以保障安全。例如，在涉及隐私、财产、金融和支付流通等情况时，可以采用人脸识别与声纹、指纹、虹膜识别等其他生物认证信号相结合的方法，多一道手续就多一道安全。

未来，需要对人脸识别技术进行技术改造和升级，以确保个体识别的唯一性、可靠性、安全性和不可盗用性。

不过，再好的技术都面临一个问题，即需要由人操作，而且人们的生活不能完全由技术来控制，包括生物个体识别和安全操作，任何时候都需要人工的参与并与技术结合。正如海关的验证一样，报关员都会对每个出入境者既"刷脸"，也要看人。因为大脑的视觉皮质区和梭形脸部区（FFA）比起所有的生物个体识别技术都更为有效，而且只需一两秒就会判定人脸的真假，判定是同一个人还是假扮者。

（摘自"搜狐网"，2018 年 9 月 6 日）

# 被机器审视

阿　来

　　病人中间流传着一句常人不会心，也不觉得好笑的笑话：看中医是看医生，而看西医是看机器。由此可见，病人发明的笑话多半不好笑，病人只要不怨天尤人，表现出对于幽默感的追求就很不错了。至于幽默感能否发挥出来，发挥到怎样一个程度就不必苛求了。

　　况且，这句话还是说出了病人面临的部分实际情形。譬如去看西医，你连医生的面容都未看清楚，他就埋下头往电脑上敲几个字，然后机器把这几个字吐在一张纸条上。有经验的病人都知道，这是一张前去拜会某台机器的"通行证"。我也算是个有经验的病人，如果在电脑上玩偷菜，这些经验可以升级获得再开一块荒地的资格了。上周四，去看朋友介绍的一个新医生。寒暄毕，他就开出这么一张新单子。

　　我知道，又要去拜会某种机器了。

　　这张单子在由众多分科、诊断室、检查室和电梯、楼层、廊道构成的迷宫般的建筑中标示出一个肯定的去向。我到达的是放射科碘造影室。造影室？反正我不会误以为是有人要替我画一幅素描或漫画，就像从手术室出来，右腹部那条蜈蚣状的伤疤我不会误认为是精心绘刺的文身，虽然心情好时瞧上去的确也像个精致的文身。

好了，回到医院里来，进入规定的流程吧。把单子递进某一间半开着门的屋子，里面活动着一些面目不清的人，他们都穿着白衣服，我认为他们就是我将要拜会的那台机器与我之间的翻译，或信使。信使给我一个号码。如果有人呼叫这个号码，就是告诉我终于轮到我与机器约会了。

我忘记自己的名字，记住这个号码，警醒着等待自己被呼叫，等待某扇厚重的、上面闪烁着一盏红灯的门打开，让我进去拜会那台机器。更准确地说，是去被机器审视，被冷冰冰的机器任意审视。

不对，那不是一台机器，简直就是科幻电影中的智能机器人。不然，它怎么能把你的五脏六腑看得一清二楚？这机器看上去冷冰冰的，却自有一种扬扬自得的味道。坐在放射科幽深走廊的某条长椅上，等待被机器扫描的时间里，我想起了自己拜会过的那些机器。B超啊，X光机啊都不屑去说了，它们是前科幻电影时代和宇航时代以前的低级发明，至多带着一点稍嫌落伍的时代感。我所说的起码是CT，那才是具有未来感的机器。虽然这类机器还是由人来操纵，但这人让你躺在一张硬邦邦的床上后就消失了，让你独自面对一台巨大的、看起来比身下这张床更硬、更冰冷的机器。其实，这张床也是这台巨大机器的一部分，是这台机器有力的下颚，如果它想活吞了你，只消稍稍抬一抬下颚就可以了。只消把下颚和同样坚硬的上颚合在一起，轻轻错动一下，咕吱一声，一个人就香消玉殒了。但是，CT机没有这么做，它只是俯下身来，嗡嗡作响，提示你它开始工作——开始扫描你，开始审视你了。某个地方，还有一盏灯闪烁着，同时嘟嘟作响。这让人有点害怕，害怕出现科幻电影中演绎过太多次的场景：这台显然有着某种程序性智慧的机器突然获得自主意识，那个在你胸腹上来回观测的镜头中突然伸出一双锋利的剪刀手。

相对于 CT 来说，做核磁共振的机器更具科幻感。它也有一张床。如果说这床在 CT 那里像下颚，在这台机器上则相当于一条舌头，当你脱去太多的衣服——科幻电影中的人通常都穿得很少——躺到那张床上，它就把舌头缩回口中，你也就随之滑入了一个灰白色的穹隆里。先是头，接着是上半身，然后是下半身。不知道这穹隆算是这机器的大口，还是它的腹腔？好在这台机器并不疯狂，只是按规定的程序在运行。穹隆顶上灯光闪烁，让人有强烈的被审视感，从里到外无一遗漏地被看光。于是想起昨晚淋浴时，身体的某个角落没有仔细打扫。与我的沮丧相比，机器简直是得意扬扬，得意地发出磁力与光波在宇宙中穿梭时那种规律的声响，并不断改换着节拍。照理说，我们的耳朵听不到这些光啊、波啊的声响，但电影让我们听到了这样的声响，所以现在我才有了这样的联想。现在，一些无所不至的光或波正在穿越我的身体。那么庞大的机器，那么好的穿透性。你的身体被一台机器一览无余，以至于你不相信它只是一台机器。

(摘自长江文艺出版社《落不定的尘埃：阿来藏地随笔》一书)

# 相忘于互联网

李斐然

有次出差把手机丢了，当时我的第一个反应不是报警，而是心里一惊——完了，接下来怎么过日子呢？

传媒学者麦克卢汉说"媒介即人的延伸"，可是在我的生活里，智能化设备似乎已经成为生活本身。丢了手机里的通信录，一时半会儿联系不上人倒是其次，没有电子地图，我感觉自己立刻就要迷失在陌生的城市里；没了推荐类软件，我连"下一顿饭吃什么"这个人类"终极"问题都无从解答；找不到日程表，我不知道接下来该做什么，甚至连睡眠都受到了严重影响——是的，每天晚上伴我入眠的音乐，跟着失窃的手机不知道流落何方。

那一刻我突然惊醒，我以为我一直在把生活琐事和任务分给数字化设备承担，它们是我的助手，但到头来它们却主宰着我的意识，它们成了我的主人。居然有这样的外物严重影响着我的生活，而此前我竟浑然不知。

更让人心惊的是，它的主宰能力或许会随着时间变得更强。网络巨头亚马逊公司申请了一项专利，可以利用亚马逊账户中先前的订单和搜索记录等，为用户实现"提前送货"的服务——也就是说，当你自己还在犹豫要买什么东西的时候，网络已经替你列出了清单；当你正要点击"购买"键的时候，你的货物可能已经送抵你的家门口了。

在言必称大数据的现在，互联网将会比想象中更聪明，它会学着了解你，甚至最终可能比你还懂你的心。它会算出你最喜欢的电视剧剧情，知道在什么时间点弹出广告框会让你忍不住点击购买，它知道该选择怎样的时机让你接受最讨你欢心的游戏，它甚至可以分析你的社交网络人际关系，为你列出朋友间的亲疏远近。

后来我采访了一个不使用智能手机的哲学教授，老先生对这些看上去又酷又神奇的未来景象狠狠皱起了眉头。他说，技术的发展本该为我们带来自由，可是它却从一定程度上限制了我们的自由，甚至教唆着我们逃避自由。

在他看来，我们沉溺在游戏中，放弃了对时间的掌控；我们忙碌于一场又一场无主旨的网络对话，逃避了更深刻的人生探讨；当我们想到严肃生命命题的时候，我们觉得疲惫，觉得无力负荷，于是我们放下尚未解答的问题，拿起了手机，盯着闪烁的屏幕，逃避面对真正需要直视的问题。

同老先生想法一样的人并非少数，所以网络上出现了一群人，他们试图从数字化的生活中退出，从互联网上消失，重新面对自己。他们甚至组建了一个网站，就叫作"Web2.0网络自杀机"。

可是要从这个联通全球的世界中抽身而出，的确不是一件容易的事情。你最大的敌人就是互联网本身。后来因为这个网站太过专注于帮助用户删除Facebook账号，还遭到了屏蔽。

不过，我总觉得想解决问题，并不一定非要跟过去的自己一刀两断，删除自己的网络账户，抹掉自己的存在痕迹。毕竟，技术进步还是给我们带来了莫大的帮助。就是在巴掌大的小小智能手机的帮助下，我可以大胆地跑到世界各地旅行，安心穿梭在异国街头，尽管我分不清南北，听不懂意大利语。

在罗马旅行的时候，我遇到一家卖古董邮票的小小店面。在随处都能蹭个 Wi-Fi 使用网络支付的地方，一位满头银发的老奶奶安静地坐在书桌后面，戴着老花镜，拿着剪刀和信封，一份份整理着古老的信笺。因为没带现金，我问她可不可以刷卡，她眯着眼睛，眼角尽是褶皱，她用简单的英语冲我笑着说："No technology（不懂技术）。"

那一天我把手机导航关了，也没有再去搜索距离最近的 ATM 机。互联网的确是一张宏大而绵密的网，可以回答你几乎所有的问题，帮你迅速地解决问题，而在它之外，不联网的日子虽然显得缓慢，却也是风景的一部分。

后来我花了大半个下午，坐在破旧的小小房间里，跟老奶奶一起吃饼干。橱窗外路过一个捧着 iPad 边查路线边前进的背包客，他似乎正在按照推荐寻找名胜古迹，他对照手里的照片和眼前的景色，标记着他抵达的旅行地点。所以，在同一条古老大街上，既可以高效地快速继续奔赴下一个地标，也可以停下来坐坐，想一想。这两种旅行方式，让它们和平共存。

（摘自《青年商旅报》2014 年 2 月 14 日）

# 回得去的故乡

谢飞君

朱雪芹接触的群体是最普通的农民工，他们融入城市以及回到家乡的不适感倒是没那么深，他们有一技之长，生活对于他们是很切实地去做一件事：在城市里跑货运，到集市上卖菜，回家乡搞养殖……他们都在为明确的目标奔忙。

## 留在城市的他们

1995年，18岁的朱雪芹从徐州市睢宁县来沪打工——上海某服装有限公司。

20年里，她坚守在同一家企业，注视着众多徐州老乡有的留在上海，有的回到农村。

这个春节，她发觉周边很多人都在讨论"返乡"。她的观点是，回农村的那些人，他们的生活、观念，与一直留在农村的人是不一样的。

比如，有的人通过打工提高了生活质量，在县城买了房。

又如，到上海打过工的人，回去后大多很自觉地实行计划生育。他们不超生，而是想办法把一个孩子养好，让孩子接受好的教育。显然，收获并不仅限于物质层面。

作为公司的工会主席，朱雪芹在单位里办的"相约星期四"读书小组，坚持了很多年。每周四晚上7时到9时，参与者会在一起学习与工作相关的服装缝纫、机械维修等原理，或是和工作并不相关的文学、日语等。"现在小组里加入了很多80后、90后，形式就更新颖了，增加了网络美文的分享。"朱雪芹说。而一些外来务工青年的心事、家事也在"相约星期四"中得到疏通或解决。

"我接触过一个黑龙江的孩子，孩子的父亲在我们工厂做工，因为是单亲家庭，孩子到了叛逆期时，不愿意与父亲交流。我和孩子聊过几次，效果不明显。2014年孩子回老家读初二，这个寒假再到上海，我请他们一家吃饭，发现孩子变化特别大——他回家乡后体会到父亲在外的不易，读书也变得努力了。"朱雪芹很感慨。

朱雪芹还曾与一名少年犯老乡保持通信。小老乡的第一封信很短，说他很后悔，但不知道怎么办。"我回信也简单直白。我告诉他上海的教育条件比其他地方好，让他听教官的话，好好念初中课程，空闲时去学习管弦乐。"他很排斥，表示对乐器不感兴趣。朱雪芹回信给他算经济账："在外面学管弦乐，一个小时几百元。这是高雅艺术，是可以陶冶情操的，我自己都没有条件给我的孩子请老师……"小老乡听进去了，开始学习初中课程，还成了乐队的骨干。

朱雪芹所接触的打工者，绝大多数都对未来有着很明确的目标：每一天的努力，都和家乡有着对应的关系——是不是够在家乡县城买房了，或是可以回老家盖房了，抑或装修房子的钱够了。这些目标支撑着他们做好手头的工作，让他们充满干劲。

## 回到家乡的他们

带着一技之长，带着在城市积攒的存款，回乡打拼。离开后的归来，和不曾离开，其实大不一样。

2014 年，全国农民工总量达到 2.74 亿人。国务院农民工工作领导小组办公室主任、人力资源和社会保障部副部长杨志明在日前召开的新闻发布会上说："目前，农民工就业出现了一个新情况，经过进城打工的磨炼，有点技术、有点资金、有点营销渠道、有点办厂能力、对农村有点感情的农民工返乡创业，现在全国已达 200 万人左右。"

城市和乡村有发展上的时间差，回乡比较靠谱的办法，是把在大城市里有市场的东西带回去，因地制宜搞复制。朱雪芹的几位返乡亲人中，弟弟朱靖很懂得取舍。2000 年，他尚在齐鲁音乐学院上学，专业是长号，当时的老师是某艺术团的团长，17 岁开始学艺，当上团长已是 55 岁。一边是艺术领域的追求，一边是现实生活的需求，朱靖觉得自己更需要解决生计问题，于是大学期间就开始去大卖场兼职当家电销售业务员了。2010 年他决定回老家时，已是某知名公司华北区的销售总监，他的妻子也已经开了一个代理各种品牌家电的专卖店。

"刚回家乡时确实有些不适应，发现自己多年接受的教育、为人处世的方式，很难融入村里的生活。人虽回到家乡，却深觉是到了异乡。"好在"异乡人"的感觉在做事的过程中逐步化解。

## "积累"有用武之地

"读书人"的做法不一般。为了更好地了解家乡，2012 年开始，朱靖经常往镇政府跑，去了解针对回乡创业青年的一些方针政策，了解家乡办事的方式方法。他说，其实在外打工回到家乡，也没有太多的钱投资，只有了解清楚政府的扶持政策，投资才更有把握。

2014 年冬天，朱靖发现很多行业都面临冲击，唯独餐饮业形势大好，于是开了一家火锅店。

"小地方竞争不是很激烈。"火锅店真正让朱靖在城市的积累有了用武之地。"从圣诞节开业至今，客人天天爆满，多的时候一天就有一万多元的盈利。"

怎么做到的呢？乡镇上的餐厅很少搞活动，而朱靖天天促销：打折、送菜、情人节送花等等。

起初的一个月，朱靖亲力亲为，他到店比任何人都早，走得比谁都晚，哪个员工有什么特点他全看在眼里。对于有能力的员工，直接给干股。"烧烤的师傅，本钱不用出，直接分 40%的收益。我对他说，有多少能力，你自己发挥，我只看进出账就可以了。"

"40%的分成"在当地可不是哪位老板都愿意给的，但是见过世面回到老家的朱靖，深知团队分两种：狼性团队和犬性团队。朱靖说："对于那些有闯劲、能提升营业额的人，你就得给他足够的空间；喜欢安逸的，拿固定工资。"

为了使餐饮项目多样化，朱靖的火锅店还请了别的厨师，有时候厨师做的某个菜品一般，朱靖就带他出去品尝。"我自己也是一个资深吃货，别家餐厅好吃的菜，我和厨师一起吃，一起研究食材、香料，回来后一起尝试着烧……这样一来，员工自己也在不断学习、进步，对餐厅的忠诚度会更高。"朱靖说。

对于未来，朱靖想得很明白："乡镇的发展是向好的，如果说城市的GDP 增幅在 5%，那乡镇的可能是 10%甚至 20%，无形之中蕴藏的发展机会比城市更多。"

　　春节时朱靖参加了初中、高中的同学聚会，在大城市打拼的同学，也不乏想回家乡发展者，只是好几个人说完又觉得困难重重，继而自我否定。

　　和同学们聊完之后，朱靖觉得内心更清晰了：不同的选择，意味着向不同的生活方式、游戏规则妥协。"城市和乡镇，有着各自需要承受的轻和重。选择在城市，就不要抱怨高房价；选择回家乡，则必须稍稍改变自己的处事方式。"朱靖说。

　　从一个角度看，通过读书从农村走向城市的那群人，无论从物质还是精神上衡量，终究比留在农村有更多积累；而换一个角度，走向城市的农村人，和原本的城市人相比，确实要付出极高的融入资本。所以怎么看待自己的选择，把什么当作参照系，直接导致完全不一样的结论。

（摘自《解放日报》2015 年 3 月 9 日）

# VC：天使 OR 魔鬼

喜马拉雅熊

VC：Venture Capital，风险投资，是指由职业金融家投入到新兴的、迅速发展的、有巨大竞争潜力的企业中的一种权益资本。所有的创业者都盼望得到 VC 的青睐，是否，VC 就是解决所有问题的灵丹妙药呢？

VC 之于世界的存在，基于一个美丽的幻想：VC 有本领坐在时间机器中，超速穿越时空，飞到历史时钟的前面，然后往回看，于是就看到正在渐渐生成的下一个 Google，下一个 Apple，下一个乔布斯、马云、史玉柱，下一个新的名堂……其实我们谁也没那本领，所以，VC 不得不在创业团队中百里挑一地寻找所谓的"梦幻团队"，筛选的条件无非是他们有无漂亮的简历、聪明的创意、成功的纪录、完美的商业计划书……

几乎没有哪个创业者是完美的。创业公司从一个创意到产品上市，从没有收入到开始有了销售，从入不敷出到获得利润……

这个过程是每一个创业公司最重要的成长发育阶段，必不可少。需要营养，更需要精心呵护，给足成长所需要的时间和养分，方能结出甘甜的果实。

而 VC 的种植方式是这样的：先把种子劈开，改造它的基因，然后将其放入预先配置好的营养液、激素、添加剂中，用人造的太阳光日夜照射，定时灭菌、喷洒药剂，于是这苗儿就猛长疯长，没过多少天就开花结果，果实又圆又大，但吃起来的味道就不得而知了。当然这算是好的，更多的时候是拔苗助长，导致本来基因还不算差的秧苗一根根夭折，英年早逝……

创业者只有充分理解 VC 的先天缺陷，有足够的心理准备和抵制欲望的本能，才能去和 VC 打交道。不过创业者、VC 本来都没有罪，这罪过要算给VC 中间那些鱼目混珠的人。数了一下，这些人身上一共有七宗原罪。

原罪之一：混淆创业者的直觉。

VC 们大都身处公务舱、五星级酒店、CBD 的豪华办公室当中，有名牌大学学位、著名大公司工作经历，个个高智商、高收入、高品位，能说会道。初出茅庐如饥似渴的创业者第一次接触 VC，很容易会被 VC 们的优越感和架势所震慑，自觉寒碜，创业意志出现动摇……本来艰苦创业需要专注于如何搞定客户，现在转而专注于如何搞定 VC——毕竟听上去搞定 VC 的钱比赚客户的钱要容易多了。

原罪之二：颠覆创业者的价值观。

创业需要勤俭持家，把一分钱掰成两半儿花，这是做生意最原始最本质的规矩。而 VC 总是给过多的钱，不需抵押不需归还。当钱来得不需要付出代价，当创业者不再需要从顾客手里一点点赚钱，当创业者对多租半层楼、多开半打一打人员的工资不再感到心惊肉跳，当创业者以为一个月又一个月的亏损是理所当然的时候，创业者的价值观就已经被彻底颠覆了。

原罪之三：打乱创业者的生存环境。

VC 要的是速度，为了自己投资的公司能抢在竞争对手前面上市，VC 可以不计成本，放任创业者暴饮暴食，甚至不按规矩出牌。比如为了抢客户、抢流量，VC 投资的公司可以用"免费"的伎俩，不向用户收取服务费。免费的午餐自然会吸引大量客户，有 VC 这个富爸爸不断掏腰包埋单的公司可以这样做，但是那些没有 VC 投资的公司自然就玩不起这种赔本游戏。其结果是，VC 打乱了行业竞争，也扼杀了优秀的种子选手。

原罪之四：助长创业者的优越感。

这年头，VC 头上有光环，走到哪里哪里亮，高新园区峰会他们是座上客，创业大赛他们坐在评委席上。近朱者赤，被 VC 投资的创业者自然也就沾光。在创业大会、互联网大会、红鲱鱼年会中，坐在台上的拿 VC 银子的公司比比皆是，这类活动几乎已经等同于 VC 投资的排行榜，和创业实在没啥关系。更不可思议的是，本来一个普普通通的行业，若进去了一个 VC，也会一夜之间变得风光起来。

原罪之五：怂恿创业者急于求成。

VC 为了尽快上市、投资退出，因此所投公司凡事都要快速做大，势必也驱使创业者急于求成。再大的企业当初都是从一家小店起家的，创业公司必须要有一个"蹉跎岁月"来发育成长，这样将来才能够厚积薄发。所以，即使是一家小小的快餐店、杂货店，也应该等到它经营完善了，能赚钱了，才可以将它的模式复制到全国去。而 VC 投资的公司常常是等不起的，只要纸上画葫芦有个模型，无须充分验证，立刻批量复制，一边亏损一边扩展，反正有人会再给钱输氧输血，美其名曰"速度和规模"。

原罪之六：滋生创业者的惰性。

VC 在谈判投资估值的时候，总是吹嘘自己如何有钱、有行业资源、有高附加值以及如何在资本市场里熟门熟路一呼百应，目的是吊创业者的胃口，忽悠创业者放松对公司估值的警戒。不知深浅的创业者会被蒙住，以为 VC 是一帮很厉害的家伙，钱永远烧不完，只要一个 VC 给了你钱，你等于进了 VC 的圈子，VC 的朋友们都会争着来塞给你钱；如果公司要上市，VC 们都有自己的绿色通道，即使你拿了 VC 的钱胡乱花了，公司经营得不怎么样，

VC 照样有本领把你包装一番塞进股市去赚大钱……

VC 进来了，日子自然也容易过了。很多事情就不再需要创业者自己动手了，让一群高级钟点工去打理吧。什么创业的探索、学习、体验、经历……通通一边待着去吧，爷们儿飙车、打高尔夫的时间都还不够呢！

原罪之七：VC 当中也有鱼目混珠的。

VC 是一个从一开始就以"九死一生"为自己的失败找好借口的行业，只要你能当上 VC，千万不用担心你会当不好，因此造成了 VC 不尽是通体良玉，其中鱼目混珠、浑水摸鱼的大有人在，他们玷污了 VC 的名声。

失败是可以接受的，因此搞死创业者也是无所谓的，只要自己能继续混，便可以为所欲为地去干那些在正常生意人看来不可思议的事情。

A：免费！开仓分粮，救世扶贫。

B：恶性倾销，逼死竞争对手。

C：为制造营业额而制造营业额。

D：给创业者洗脑，使其相信只要用免费忽悠用户进来，将来用户们必然主动付费。

E：给创业者很多钱，保证花不光，因此公司也不会死掉，不死掉就是 VC 的荣耀。

F：即使钱花光了，没关系，鼓捣个故事再输血，只要公司活着 VC 就可以交差……

要知道 VC 不是清水衙门，里面鱼龙混杂，他们敢砸钱的原因很简单，因为用的是投资人的钱。

携巨款而来的 VC 在创业者眼中就如同背上长着翅膀、头上顶着光环的天使，"天使"在寻找这样的创业者：他们有天生的直觉，能发现机会，他们吃苦耐劳、锲而不舍，性格犹如磁铁，能把优秀的人才吸引在自己周围，这样的创业者经过精心雕琢，可以成就伟大的事业。初次创业的创业者犹如未经雕琢的原石，总是有这样那样的缺陷，常常对公司的发展策略和财务前景没有切实把握，也没有足够的管理经验和行业资源。

因此，在早期的创业公司里是不能猛砸钱的，钱解决不了根本的问题，成败的要素在于商业模式的形成、产品的成熟、团队的成长……这些都需要时间与人来呵护，需要有教练来指点和引导。创业没有捷径，有的话，无非是少走些弯路，少犯些错误，不栽大跟头。

VC 在创业者最困难的时刻出现了，带来了创业经验、行业资源、人脉关系，还留下一张支票。创业者有困难有烦恼，VC 随叫随到；创业者需要帮助，VC 四处奔忙，直到创业公司收支打平了、有利润了、上市了……所以，VC 对于创业者来说，到底是天使还是魔鬼，实在是见仁见智了。

[相关链接] 国内知名风投公司：汇亚资金管理公司、中国风险投资公司、华登国际、汉鼎亚太、启峰资金管理有限公司等。

获得风投并取得成功的知名企业：新浪网、阿里巴巴、博客中国、天涯社区、猫扑、迅雷等。

（摘自《读者·原创版》2010 年第 2 期）

# 从跟风到创新：国产手机全面崛起

佚 名

时间飞快，不知不觉 2018 年已经走完一半，对于手机市场来说，这半年可谓精彩纷呈。一大波"安卓刘海机"的到来是意料之中的事，随后 OPPO、vivo 的全面屏新思路却让人眼前一亮； 手机主战场移师拍照，华为徕卡三摄刷新 DxO Mark 榜单；不间断的新品发布会间隙，还伴随着中兴危机、Android 与 iOS 大更新以及 5G 最终标准的敲定。2018 年上半年的手机圈有太多值得一书的故事发生，爱活网选出了其中最有影响力的 10 件事，我们每个人或多或少都见证或参与了其中的一部分。

## 1. 屏下指纹识别崛起

全面屏兴起使得大部分手机将前置指纹识别移到了背后，且不说背后多开一孔不太美观，后置指纹识别用起来也不如前置那么方便。iPhone X 和

OPPO Find X 启用了结构光人脸识别，而 vivo 的屏下指纹识别技术则给了想要全面屏和前置指纹识别两者兼得的用户一个选择。

在一月举行的 CES2018 上展示该项技术后，vivo 迅速把屏下指纹识别技术投入了量产。从 vivo X20 到 vivo X21 再到最近发布的 vivo NEX，屏下指纹识别技术已经来到了第三代，大幅提升的精度和高识别成功率已经可以与传统指纹识别方案媲美，而仅有的遗憾仅剩解锁时 1 秒左右的延迟。

## 2. 区块链乱象依旧

从单价接近 20 000 美元到如今一度跌破 6000 美元，2018 年的上半年，比特币遭遇了滑铁卢。纵观整个区块链市场，各种山寨币层出不穷，甚至连微商都加入炒币行列。

而就在区块链领域乱象不断之时，有一些手机厂商也打起了它的主意。联想 S11、长虹 R8 甚至 HTC Exodus 都发布了自己的区块链手机。只是他们既没有公布手机使用何种区块链技术，也没有提供所谓加密功能的具体信息，想要靠手机那点可怜的计算力来挖矿也不太现实，这些区块链手机难免有蹭热点的嫌疑。

## 3. 游戏手机回归

就在几年前，市场上还有商务手机、音乐手机、拍照手机之分，然而这两年随着手机功能越来越全面，这些分类方法已逐渐被抛弃。不过随着王者荣耀和手游吃鸡的兴起，2018 年上半年我们又见到了一个熟悉的手机门类回归——游戏手机。

早在 2017 年 11 月，雷蛇在国外推出的 Razer Phone 就主打游戏属性，但仅凭 120Hz 刷新率的屏幕和灯厂的名号并没有引发市场追捧。而在手游拥有广泛群众基础的国内，努比亚红魔手机和黑鲨游戏手机狭路相逢，让人们觉得游戏手机的春天似乎就要来了。

努比亚红魔手机凭借 RGB 灯光、专业的游戏优化和优秀的散热能力成为吃鸡利器，而黑鲨游戏手机的电竞属性则更彻底，全方位的旗舰配置、同样高效的散热方式以及游戏手柄的加入，形态上已经向掌机靠拢。不过在旗舰手机性能无法拉开差距的情况下，游戏手机仍需更多创新来吸引玩家。

### 4. 三星在国内销量惨淡

国产手机的崛起让众多国外厂商在中国市场陷入困境。苹果凭借 ios 系统尚能一战，三星则没这么好运，他们在国内的销量排不进前 5，只能位列 others 之中。

在 2018 年一季度的销量统计中，三星仍是全球出货最多的手机厂商，但是来到国内，苹果、华为、OPPO、vivo 和小米之间竞争激烈，没三星手机什么事。当然，三星也意识到了这个问题并且有所行动。他们不久前发布了针对中国市场的 A9 Star，还邀请了华晨宇做代言，这些都可以看作是亲近国内用户的举措。但想在下半年离开国内销量排行榜上的 others 队列，难度不小。

### 5. 一号双终端业务开通

苹果 Apple Watch 3 高配版的 LTE 功能曾经只是个摆设，不过这种情况在 2018 年上半年得到改变。联通和移动先后开通了 eSIM 一号双终端业务，让苹果手表能够摆脱手机单独接打电话，收发微信。

当然，eSIM 的到来不仅仅是为了智能手表，车联网、智能家居产品都可以在 eSIM 的帮助下获得更广阔的应用前景，而要发挥 eSIM 的全部威力，或许还要等待 5G 的到来。

## 6. 全功能 5G 标准发布

2018 年 6 月 14 日上午，3GPP 全会批准了第五代移动通信技术标准（5G NR）独立组网功能冻结，加上 2017 年 12 月已经完成的非独立组网 NR 标准，5G 终于在 2018 年上半年完成了第一阶段全功能标准化工作。

5G 标准完成对于 5G SA 系统有很重要的意义，这一标准不仅能为用户提供更高速的宽带，也能通过开放灵活的设计来满足不同行业的通信需求。除了手机，5G 还会给物联网、车联网、工业 4.0 等相关产业带来翻天覆地的变化。

## 7. 中兴危机爆发与和解

中兴通讯在 2017 年取得了近年来最漂亮的成绩单，不但无线网络、光传输以及数据通信产品表现亮眼，中兴的手机业务更是以 8% 的市场份额成为北美第四。风光无限的他们又怎能想到一场狂风暴雨就在眼前。

2018 年 4 月，美国以中兴在未获美国政府许可的情况下向伊朗出口美国产品、妨碍司法为由，要对中兴通讯实施长达 7 年的出口管制措施。如果禁令真的落实，中兴将无法从美国上游厂商采购芯片，那么这个打击无疑是致命的。好在 53 天之后，中兴与美国商务部达成和解协议，禁令解除，但中兴将支付巨额罚款、被迫调整高层，可谓损失惨重。

中兴被罚很难说是单纯的经济问题，然而一旦被禁，企业立马就陷入停摆困境也暴露了国内高新科技产业的一些命门。他们一味追求热点领域，却对半导体产业基础的研发投入严重不足，如果不能及时改变类似作风，这样的危机以后恐怕不会少。

## 8. 徕卡三摄玩转夜景拍摄

在 2018 年上半年的众多手机新品发布会上被提得最多的关键词是什么？相机。从三星 Galaxy S9 开始，到小米 MIX 2S，拍照都成为手机的亮点。而华为 P20 Pro 的到来给谁是当今最强拍照手机下了一个定论，它的徕卡三摄在 DXO Mark 上获得了惊人的 109 分。

三颗徕卡镜头、最大 4000 万像素、4 像素合一达到的 2μm 的单位像素尺寸，配合 AI 防抖技术、5 秒手持曝光、4D 预测追焦等算法，无论白天黑夜，华为 P20 Pro 都有着出色的成像质量。那些关于它可以单挑旗舰微单的说法或许过于夸张，但在手机中，华为 P20 Pro 的拍照效果的确是数一数二的。

## 9. iOS、Android 版本更新

每年的五六月间，谷歌和苹果都会提供下一代手机系统的开发者版本。Android P 和 iOS 12 在双方各自的开发者大会上如期到来。新系统没有太多惊喜，但双方在一点上却是不谋而合。

Android P 借鉴了 iOS，取消了传统的交互三大金刚，带来了手势操作，其他的新特性诸如增强 AI、适配"刘海"、新的勿扰模式，看起来都不是什么大变动。iOS 12 同样也是乏善可陈，升级 AR、优化 Siri、更新通知系统，苹果的创新似乎"致敬"第三方 App 的成分居多。

不过值得注意的是，在每个人的日常生活都已离不开手机的时代，两大科技巨头同时关心起了人机关系。Android P 和 iOS 12 不约而同地加入了时间管理应用，它可以监控、统计甚至限制用户对手机的使用。从想尽办法增加用户对手机的黏性到鼓励用户回归真实生活，这一改变也反映了谷歌、苹果对人机关系的一种反思。但除了科技企业，这个问题同样值得我们每个人

认真思考。

## 10. "刘海屏"的潮起与突破

2017 年苹果 iPhone X 率先采用了刘海造型后，大家其实已经能想到，2018 年将会有一大波安卓手机跟风到来。三星、索尼坚持不给新机剪"刘海"，但 OPPO、vivo、华为、一加等厂商显然没有太多顾虑，小米 8 周年手机小米 8 更是连刘海造型尺寸都和 iPhone X 极为接近，一时间"刘海"迅速风靡了国产安卓手机圈。

而正当我们以为"刘海"将会统治 2018，全面屏的极限最多也就如锤子 R1 的美人尖，或是像小米 MIX 系列加入厚下巴，vivo NEX 和 OPPO Find X 却横空出世。这两款手机都隐藏了摄像头模块并加入了机械结构，无论是 vivo NEX 的升降式前置摄像头还是 OPPO Find X 更为激进的"滑盖"模组搞定前后相机，二者都成功提高了屏占比，也消灭了刘海。

OPPO、vivo 追求全面屏取得的突破让人感慨国产手机终于从跟随者开始成为创新者，两家厂商能否成为消灭"刘海"的领导者，让我们拭目以待。

### 下半年精彩继续

手机更新迭代频率高、速度快，对新技术的追求也永无止境。2018 年上半年手机市场热点一波接一波，可以想见下半年依然不会平静。面对国产手机的步步紧逼，传统豪强苹果、三星、谷歌会如何反击，新 iPhone、Galaxy Note 9 和 Pixel 3 又会带来哪些新技术非常值得我们期待。而通信产业方面，中兴能否恢复元气，区块链怎么为自己正名，5G 部署是否会一帆风顺，也都值得我们关注。

（摘自"爱活网"，2018 年 7 月 6 日）

# 脸书抄袭微信的时代

〔德国〕 高德凯

在未来最重要的一个商业领域，中国人创新，西方人追随。

我和妻子日常的沟通，大部分是通过微信。这在中国人听起来可能不算稀奇，但要知道，我们是住在德国。4 年前在中国生活的时候，我们开始使用微信，搬回德国之后，由于它特别好用，一直也不愿意改用其他的应用程序。

不过，在德国和大部分西方国家，除了我们，使用微信的人还很少，很多人甚至都没有听说过它。微信已经拥有 7 亿用户，但在中国以外只有 1 亿。从全球范围来看，微信还不算是一个特别流行的应用程序。

但这并不影响西方有识之士对微信产生强烈兴趣。更客观的说法是，微信的创新性功能惊醒了西方的媒介公司、记者和商业观察家。而且我认为，这种兴趣将进一步演变为实质性的影响。

中国拥有一些规模很大实力很强的公司，特别是阿里巴巴在纽交所上市之后，这一点在西方已尽人皆知。但很多人仍然认为，阿里巴巴可能做得很大，却不算是新鲜事物——它不就是亚马逊的扩大版吗？它规模更大，不过是因为中国的一切都更大而已。

但微信就完全是另外一回事了。它震动了西方商界和新闻界，因为它比西方的竞争对手做得好很多。

我在中国以外读到的第一篇关于微信的报道，是在一本德国行业杂志上，题目是"微信比 Whatapp 强在哪里"。不久前，美国财经杂志《福布斯》也刊文说："已经到了脸书抄袭微信的时代了。"英国《经济学人》更是发表长文谈微信背后体现的中国创新力，其中引用"脸书聊天"经理大卫·马库斯的话说，微信"具有启发性"。

确实，微信的西方竞争对手看起来都比它差一截。2015 年 12 月，脸书骄傲地宣布，将在美国部分城市为用户开通打车功能。不用我说，这在习惯于使用微信的中国人听起来，实在普通到不值一提。所以，说脸书该去抄袭微信，实不为过。

这可能是一道分水岭——在未来最重要的一个商业领域，中国人创新，西方人追随。

当然，这让很多西方人感到相当受伤。受伤的另一个原因，是微信在赚钱能力方面也比西方同行领先太多。据《经济学人》报道，在西方比较流行的社交应用程序 Whatapp，2016 年第一季度的运营收入是 4900 万美元。这期间，微信赚了多少钱呢？18 亿美元。脸书聊天功能，则还没有开始赚钱……

在我看来，微信的成功，远不只是赚了很多钱这么简单，更重要的价值在于，它让西方开始重新审视中国的创新能力。这也标志着，中国和西方企业将在平等的关系下展开竞争。

这一点，让西方人稍微好受了一些。没错，我们正站在一个平等、互相尊重的未来世界的起点上。

（摘自《瞭望东方周刊》总第 768 期）

# 被互联网公司锁定的猎物

韦 星

　　下午，"叮咚"一声，沙发上的手机响起，屏幕上显示："亲，您孩子的奶粉该换成1阶段的啦。"

　　徐冰看了一眼，笑了："比我还了解我的孩子。"她笑得有些无奈，"这是我今天接到的第9条导购短信。"

　　这些推送在给她带来便利的同时，也让她坐卧不安："总感觉有个陌生人在时刻盯着你，让人很不自在。"

　　一向谨小慎微的徐冰对此已不再计较了，但"不计较"不过是无奈挣扎后的缴械投降。不论喜欢或讨厌，生活中遇到的这一切，都由不得她。

　　在互联网时代，徐冰的生活不可能与之割裂。在用手机下载和绑定这些社交软件和购物平台的同时，她的生活也被它们深深"绑定"。

　　身处时代旋涡中的每一个人，不过是其中的一滴水。

## 被改变的日常

最近 5 年，徐冰在过去 20 多年所形成的注重隐私的习惯，已被迫做出改变和调适。"如果不妥协，你很难和这个时代相处。"

现年 30 岁的徐冰已有 10 年网购史。她记得，10 年前开始网购时，联系电话和收货地址都只写公司的。

后来，随着网购业发展，信任关系逐渐建立、加强，她对更便利生活的向往也在不断提升。最终，她将收货地址具体到小区的房号。

不过，在随后更为便利的日常网购中，她的烦恼不断衍生。自她第一次在购物网站搜索并购买 Pre 阶段奶粉后，孩子各个阶段所需的商品推荐陆续到来，比如尿布、衣服等婴儿用品。

"平台搞活动时，我甚至一天能收到 40 多条导购短信。"现在还能记住她生日的，也就是各网购平台的商家了。

短信骚扰或推荐，只是一方面，可怕的是互联网精准推荐所带来的烦恼。一年前怀孕时，徐冰在某网站搜索并购买孕妇装的那段时间，她每次登录该网站，推荐给她的都是各门店的孕妇装。

如今，孩子出生、成长的不同时期里，相关门店也相继给她推荐各类产品。这些产品的风格和价位，和徐冰过去购买的类似。

令人吃惊的是，徐冰和朋友刚聊到惠州房价时，第二天，她就收到微信朋友圈一条原创的地产广告。"是我和朋友聊天提及的那片区域。"徐冰说，"太可怕了！每次上网，总以为面对的是冰冷的电脑或手机，其实在这些设备看来，我们就是透明人。"

在 2014 年的中国年度管理大会上，阿里巴巴集团董事局主席马云曾自豪地表示："我们对一个人的了解远远超过你自己。你是不了解你的，电脑会比你更了解你。"

当电脑更了解你并不断引导和提醒你购物时，"徐冰们"的日常生活被改变了。电脑如何了解我们，很多人不知道，但商城的卖家很清楚：那是通过精准计算来实现精准推送的。

## 从精准计算到精准算计

老家在湖南益阳的黄元龙，2012 年在东莞虎门做起服装生意。虎门只是黄元龙的发货地，他的门店分别开在 3 家电商平台上。过去 6 年里，他的网店后台共收集到 20 多万名客户的电话、住址等信息。

黄元龙说，那些商品价格较低的买家，收集到的客户信息比他还多出两三倍。

通过分析这些客户信息，可以掌握客户的购买习惯，明白客户的购买意向，进而在搞活动等时间节点上，拿来"温馨提示"客户。

不过，黄元龙坦陈，商家本身对这些数据的使用不多，使用多的主要是平台，因为平台本身的数据库更加庞大。而且平台本身有这个技术，可做到精准计算，进而达到精准推送。

但平台的精准推送不是按照产品质量和服务质量进行的，而主要通过竞价排名来推送，通俗说就是，谁给钱就推送谁的产品。这样的精准推送，结果常常演变成"精准算计"和"精准骗局"。

"过去主要靠刷单来提升门店商品的排名，排名靠前就有更多的曝光机会，销量会因此大增。"黄元龙说："后来这些平台调整和减弱了销量在排名上升中的权重，主要靠推广来提升排名。"

有了推广费的"付出"后，黄元龙的商品可以在某购物网站的搜索结果中跃居前 4 至 5 页。"付的推广费越高，商品就越靠前。"黄元龙说。这是指同一属性的商品。不同的商品，平台方可做到"千人千面"。

"千人千面"是精准推送的形象比喻，这个技术，目前一些互联网的营销平台都在使用。

介绍这个技术前，先回到一个"残酷"的现实。

有一次，徐冰在某网站搜索"连衣裙"3个字，向她推送的连衣裙的商品价位都在100元~200元——这也是她经常购买的价格。但此时，坐在她身边的一位朋友，同样用手机在该网站搜索"连衣裙"，但网站推送给她的连衣裙价格都在500元~1000元。

同一平台、同一关键词，不同的人搜索，显示的却是不同价位的商品。搜索引擎的"嫌贫爱富"让徐冰很是恼火。不仅如此，同一个人、同一平台、同一关键词在不同城市的搜索结果也是不一样的，因为涉及这个产品是否在这个城市推广。

陈阳很清楚其中的玄机。他是90后，目前供职于深圳一家科技公司。他说，搜索引擎"嫌贫爱富"的背后，是网上商城进行大数据处理的结果：不同的人，其搜索和购买的产品是不一样的，每个人的经济条件不一样，由此衍生出的购买力也不一样。他们在互联网上的购买习惯、浏览习惯会被互联网"记住"，并通过人工或自动设置了标签，诸多标签会对用户的行为进行多维度刻画和归类。

当这些用户再次登录时，平台就会根据他们的喜好、购买力、购买习惯，优先推送和分发在商城打了广告的商品，做到买与卖的精准匹配。

## 操控与被操控

互联网对人的消费习惯进行精准计算和画像的背后，涉及大数据的应用。大数据是由美国硅图公司首席科学家John R.Masey提出的，主要用来描述数据爆炸的现象。

徐冰的遭遇就是大数据应用于精准营销的典型。网上商城平台营销人员通过大数据分析用户行为，帮助零售商锁定目标客户群，并据此制订和推送营销方案。在这个过程中，做到精准营销的关键在于平台拥有庞大的数据量作为支撑。在此基础上，开发者可以进行大数据分析，所以各个平台都很注重对用户信息的收集。在收集客户信息上，平台主要通过实名认证的要求进行，这些基本信息包括姓名、性别、身份证号、手机号码、家庭地址等。

通过让利补贴和限于实名用户参加等活动与要求，平台收集到用户的信息。这是较为传统的收集方法，收集到的主要是结构化的数据——计算机程序可以直接处理的数据。

此外，平台还会收集非结构化数据，包括文本数据、图像数据和自然语言的数据，这些数据不是计算机程序可以直接处理的，需要先进行格式化转换才能进行信息提取。

其中常用的就是网络爬虫技术，这是搜索引擎抓取的重要组成部分。

用户通过运营商的设备上网时，其所有的行为数据都可以被记录下来，比如上了什么网、网速多少、上了多长时间。如果继续分析内容，还可以获得更多数据，"完全可以知道用户在干什么"。

通过上网记录，还可以分析用户的兴趣爱好，关注什么东西，和谁联系、互动比较多，等等。

用户登录各网上商城时，平台对他们信息的抓取就更精准了。"现在很多年轻人的钱都放在余额宝，而不是银行。"陈阳透露，有些网站甚至可以据此掌握买家财富的多寡。它们通过庞大的数据库可以构建出买家的兴趣模型，并且对这个用户进行精准刻画，比如：购物频率，对促销的敏感度，以及购买后是否积极参与对商品的点评等，都会生成标签。

"客单价"是互联网商城常用来给消费者分等级、打标签的一个词，主要指用户每次消费同类产品的价格，以此来给这个用户画像：他是不是具有较强购买能力的土豪？

除根据用户浏览的页面和已购买的商品外，还通过他们的加购行为（加到购物车的商品）以及加入收藏夹的商品，来刻画他们的消费意向和兴趣爱好，并将付费推广的商家推送给相关等级的客户。

这种情形下，人们要么不上网，要上网就只能选择"裸奔"。目前，阿里、京东、腾讯、百度等互联网公司都争相展示自身在精准推送等方面的能力。

这种能力和信心源自他们产品的独霸性。现在，互联网大佬的产品几乎包罗万象：你可能不用他的这个产品，但他的其他子产品你一定在使用。一旦使用，"裸奔"也就开始了。

腾讯声称，可以通过人口学、用户兴趣、用户使用的设备（以此判断消费力）、使用行为，给用户信息打上标签，然后推荐给需要精准投放广告的商家。在人口学标签方面，腾讯声称，可以就性别、年龄、居住小区（以此判断消费能力）、学历、婚恋、资产，以及工作状态进行精准的广告定向。

比如微信广告，可以提交 2000 个关键词，可以精准到商圈、地标和地铁口，也可以让商家自定义一个位置，之后通过自身掌握的极其庞大的数据管理平台，进行筛选和发送。

阿里也声称具备了上千种标签，能帮助商家"精准找人"，同时具备了十余种推荐算法，满足精准推荐的需要。

人由此变成了被互联网公司锁定的猎物。

（摘自《南风窗》2018 年第 16 期）

# 今天，我们怎样结婚

单素敏

　　2014 年"五一"，北京姑娘徐菲在提前一年才订到的一家四星级酒店举办了婚礼。两周以后，1200 多公里之外的武汉，童彤也在半年前订下的酒店完成了结婚仪式。

　　作为她们共同的大学室友，王一铭先后被灌了两场大酒，并对答应当别人的伴娘这件事"后悔得要哭"。

　　然而，到了 5 月底，在河南新乡老家参加完高中好友和表姐的两场婚礼之后，小王真的哭了——"是被雷哭的"。

　　从国际化大都市北京，到省会城市武汉，再到家乡小城，4 场不同的婚宴，她却见识了异常相似的婚礼场景：主持人极尽煽情之能事，新人像木偶般被任意摆布。花艺布置和音乐穿插其中，观众席有"熊孩子"的哭闹和大人的埋头苦吃。其间，"亮瞎眼"的灯光秀和动辄长达 3 分钟的婚庆公司广告，让人颇感不适。

"不中不西、不土不洋……"原本对婚礼充满美好想象的这个 26 岁的女生，失望又痛心，以至于拍着桌子向记者声明："我将来肯定要来点儿不一样的！"

现在已经有很多有创意的婚礼模式："单车婚礼""草坪婚礼""会议婚礼""长城婚礼"等等。然而，在中国社会工作协会婚庆行业委员会总干事史康宁看来，"时尚和流行也意味着短命"。他对记者说，好的婚礼既要满足个性也要不弃传统。但今日中国，大部分的婚礼"缺乏承诺、感恩的内涵和仪式感"。

## 结婚是一门多大的生意

民政部数据显示，从 2008 年至 2012 年，全国结婚登记的人数每年有 1300 万对左右。北京市 2010 年以来每年结婚登记的新人平均为 17 万对。BTV 财经频道《数说北京》栏目整理的一组数据显示，88.4% 的新人会拍摄婚纱照，49.14% 的新人会选择找婚庆公司筹办婚礼，其中又有 78.74% 的新人会摆婚宴。

2013 年全国 33 亿人次创下的 2.6 万亿元国内旅游业收入中，新婚旅游的花费为普通旅游的两倍。

"中国人最不怕花钱的地方就是结婚。"史康宁说。中国婚博会官方公布的数据称，4 月 19 日、20 日在北京国家会议中心举行的"2014 春季中国婚博会"，两天总成交额达 6.98 亿元，在两个月之前的情人节 3 天展会中，这一数字是 8.7 亿元。

"在狭义的婚礼消费中，婚宴几乎是最大的支出项。"Sunny 喜铺婚庆公司产品经理李想介绍说。目前，北京一个四星级酒店一桌酒席的价钱在 3000 元到 4000 元，以 10 桌的规模推算，婚宴的花销为三四万元。其他如鲜花、摄影、化妆师、主持人等婚礼消费，如果全由婚庆公司操办，"中低端水平也要在 3 万元以上"，这样算下来，一场普通的婚礼开销需要六七万元。

"这个水平算是比较低的。"史康宁说，与动辄来宾几百人，婚宴几十、上百桌的一些地方婚礼相比，北京的市场因为人口优势，基本以量取胜，每年大概有 12 万场婚礼。

一大批参加工作不久的 85 后、90 后，即将开始他们"互相残杀"的"送红包游戏"。上述北京白领王一铭就是一个例子。小王在 5 月不仅用掉了年假，送出去的礼金少说也有一个月的工资。

## 婚礼演进

不只婚庆公司，与婚礼相关的很多行业也在经历着"风水轮流转"的际遇起伏，其背后则是婚礼文化的演变。

2000 年初，人们刚刚从物质匮乏时期进入富足阶段，结婚热衷于大操大办，讲究吃喝与用车的豪华，所以婚礼车队生意火爆，烟酒行业跟着沾光，最火的婚礼主持人恨不得"说学逗唱"样样能来。

今天的大城市，年轻人办婚礼更多是在提前订好的酒店入住，很少再有加长林肯开道，一路奔驰、宝马摆阔的兴趣。同时，他们既不愿意被主持人抢风头，也不希望被一些"小时候抱过你"的亲戚在酒足饭饱之后剔着牙点评婚宴是否可口，在结婚这件事情上，他们更愿意掌握主动权。

2002 年、2003 年的时候，一批上海人从日本学来的一种烛光主题婚礼在业界引起极大关注，随后 HelloKitty 主题、海洋主题、飞行主题等层出不穷。如今，主题婚礼已渐有成为主流之势。

婚礼简约主义的潮流也在悄然兴起。婚宴不再成为"敛财""灌酒"的借口，一些年轻人之间用"礼金抵用券"（比如红包内置"用此券可免费参加××婚礼"的纸条）来化解"红色炸弹"（婚礼邀请函）的威力。

从社会舆论到政府引导，人们摈弃铺张浪费，主张理性与环保，而在这样的市场需求之下，花艺、布艺设计公司更多地考虑产品的可回收利用性。

与此同时，对传统文化的传承和回归开始成为婚庆公司的核心竞争力，比如专门做中式婚礼的婚庆公司备受推崇，并带动了相关培训行业的火爆。

更加符合当代价值观的婚礼仪式的出现，一方面得益于文明的开化，另一方面则与从业人员整体水平的提升有关。10 年前，婚庆行业委员会调查显示，从业人员中本科生的比例不超过 3%，而如今海归的硕士、博士大有人在。

## 办一场怎样的婚礼

"三五挚友亲人，没有礼金红包，没有喧嚣冗杂，没有形式铺张，甚至不需要华服浓妆。仅仅一个精致的 party，接受来自最爱自己的人们的真心祝福……"这是一位网友对理想婚礼的要求。

国外热点旅游城市也向不断壮大的中国新人队伍伸出橄榄枝。比如，每年有两万对来自中国的新人在日本冲绳拍婚纱照，其中 70%来自台湾地区、20%来自香港地区，不足 10%的来自中国内地。因此，冲绳政府已经采取不少行动，扩大中国内地市场。

手头紧一时拿不出闲钱来怎么办？银行早就为你考虑到了——"个人信用贷款"，贷款可以用于跟结婚有关的所有花销，包括旅游、装修、美容、购置钻石珠宝、婚纱摄影等等。

当然，更加经济实惠的婚礼，一辆自行车或者一块草坪就可以搞定。2014 年 6 月 1 日，济南市天桥区青年于朋和赵越用 500 元钱完成了他们的"单车婚礼"。5 月 28 日，潍坊市 8 对新人举行了草坪集体婚礼。哈尔滨工业大学的 18 对新人则成为"校训石下的最美约定——第二届博士生集体婚礼"的主角……这种模式还见于太原、重庆、洛阳等地，大有蔚然成风之势。

浑身上下挂满金子、成箱成箱的钞票铺满屋子那种奢华的婚礼越来越少有人钟情了，从民间到政府都不受欢迎，如果愿意多花点心思，可以借鉴江舟、李媛媛的"模联婚礼"——北京大学模拟联合国协会为这两位模拟联合国大会前成员的婚礼专门筹建了组委会，招募了会务长、秘书总监、学术总监、技术总监等等，以模拟联合国活动规则流程为蓝本，做席位分配、决议草案起草、颁布等工作，所有的嘉宾忙得不亦乐乎。

出奇、出新没有什么不对，但有文化学者说了："婚礼不是舞台剧，不是小品，一定不要失去体会那种仪式感的机会。"所以，办一场行三拜九叩大礼的中国传统婚礼，保证永不过时。

怎样结婚，今天中国年轻人的选择前所未有的多，孰优孰劣，旁人的评价并不算数。两种感慨大概最能说明问题，一种是"可惜婚礼只有一次"，另一种是"幸好婚礼只有一次"！

（文中王一铭、徐菲、童彤为化名）

（摘自《瞭望东方周刊》2014年第26期）

# 5G 如何颠覆生活

王元元　司雯雯　梁宝荧

## 5G 将改变世界的连接方式

5G 到底能给我们的生活带来什么改变？这是中国通信企业协会副会长武锁宁在公开场合被问及频率最高的话题。

"5G 尚处于试点建设阶段，未真正落地，所以普通民众尚不清楚它是一个什么概念，又意味着什么。"武锁宁说。

而他则会解释：5G 不仅会提升你玩手机的体验，还会改变你跟世界的连接方式。简单来说，5G 会颠覆你的生活。

"一个盲人不用带导盲犬，也可以在 5G 网络遍布的世界里安心生活，他可以借助无人驾驶技术去任何地方，汽车会自己寻找停车场；而在车辆无法进入的小道，他也可以借助物联网，躲避障碍物。"武锁宁时常会举这样一个例子。

在他看来，这些都不是空穴来风，而是合理的想象。"5G 商用的步伐已越来越近，接下来会有更多与 5G 相关的应用场景出现。"

## 语音通话将变成面对面聊天

"和 4G 相比，5G 最突出的特点就是带宽更宽、速度更快。因此，普通民众在 5G 时代最直观的感受将是飞一般的网速。"北京邮电大学网络与交换技术国家重点实验室主任张平介绍说。

在纪录片《辉煌中国》中曾有这样的画面：300 多名游客在位于贵州凯里大山深处的铜关村同时用 5G 网络直播当地一场传统民族节日，直播信号没有任何卡顿，峰值速率达到 1G 以上。

换句话说，在网速十几倍甚至几十倍于 4G 的 5G 时代，直播卡顿的现象将不复存在，几十人、上百人同时同地直播也不再是一种奢望。即便你身处闹市街区，也不用担心因人多而导致网速变慢。

而对于 4G 时代最为人诟病的下载慢"顽疾"，5G 也将是一剂"良药"。

"现在我们下载一部高清电影需要几分钟，甚至几十分钟；但 5G 网络下只需要几秒钟，你可能还没反应过来电影就下载完了，屡被吐槽的'下载中'将成为历史。"电子科技大学教授李少谦说。

当然，在通信技术最为基础的通话功能上，5G 也将带来令人难以想象的改变。你只需戴上一副 VR 眼镜，拨通朋友的手机号，就会有一个全息的三维人像出现，不仅会讲话，还会做各种动作，犹如在跟真实的人面对面交流一样。

李少谦直言，5G 时代，视频通话、线上直播、玩网络游戏这些基于移动通信技术的个人娱乐活动都将无须再担心网速，"人们可以随时随地打开 5G 网络做任何事。"

# 无人驾驶汽车会礼让行人

"5G 速度的提升不仅能满足人与人之间更快更宽的信息通道和信息服务，还将增加物联网的功能，实现人物相连，物物相连，代表着人类将进入万物互联的时代。"武锁宁说。

北京邮电大学信息经济与竞争力研究中心主任曾剑秋认为，5G 物联网时代最典型、最有前景的落地应用将是无人驾驶，主管部门在力推，很多互联网巨头也都已经有所涉足。无人驾驶主要借助的将是 5G 的高网速和低时延特性，"4G 时代，网速和时延都很慢，无人汽车无法根据路况做出及时快速的反应，很容易发生事故，最多只能实现定速巡航、自动紧急刹车等部分功能。"而 5G 的带宽更宽，网络信号的传输速度更快，时延可以降低到 1 毫秒，几乎等于实时反应，从而使得无人驾驶系统能在更短的时间内对突发情况做出快速反应。以两辆前后行驶、车速均为 120km/h 的无人汽车为例，两车之间遇到突发情况的反应时间只有 15 毫秒，4G 的时延约为 20 毫秒肯定会发生事故，而 5G 网络下则能及时规避风险，防止事故发生。

"5G 时代，无人驾驶的车将不再是被动的交通工具，相当于一个'人'，能在物联网的帮助下准确感知道路、其他车、行人、红绿灯、路边建筑的情况，并据此做出正确的动作反应。"武锁宁说。

简单来说，这些无人驾驶的车未来不仅能够读懂红绿灯、礼让行人，还能识别路面的平坦情况，躲避拥堵路段，规划最优行车路线。

"如果一座城市实现了无人驾驶的普及，那红绿灯就不再有用，完全可以取消。"曾剑秋说。

# 北京的医生为边疆患者做手术

"除了无人驾驶，5G 也将会给医疗领域带来巨大变革，让远程医疗真正成为现实。"中国移动通信集团浙江有限公司杭州分公司网络部无线优化主管朱智俊说。

长期以来，中国内部的区域之间、城乡之间存在着医疗资源分布不均衡的问题，边远或者农村地区的居民想要到北上广等大城市看病异常困难，"看病难、看病贵"的矛盾突出，而远程医疗的到来将会在很大程度上缓解这一问题。

远程医疗就是借助网络，让医生和患者不必在同一空间也能实现诊疗。过去几年，主管部门利用互联网技术在一些偏远地区尝试了远程医疗，但多针对常见病，且仅是看看病例，进行初步诊断。

"5G 时代，远程医疗的内容将会更加丰富。"朱智俊说。

比如，救护车可与医院工作人员在急诊病人的运送过程中保持实时通信；救护车上的工作人员还能将病人 X 光片和视频等图像实时传输至医院，让医生在病人转运途中对其进行病情诊断并做好初步准备工作，为救治病人赢得宝贵时间。

不仅如此，在 5G 的助力下，医生们还可进行远程 B 超。朱智俊介绍，他们曾做过这样的实景演示：一个医生坐在电脑屏幕前，可通过操控杆熟练地给屏幕另一端的病人做 B 超，而镜头另一端的 B 超动作由医疗机器人完成。

"通过 5G 建立的高速远程网络系统，医疗机器人可几乎无时差地跟随或者说复制医生的动作，双方基本可以做到完全同步。"朱智俊说。

未来，北京或上海的名医还可坐在本地医院里，借助 5G 网络实时指导远在千里之外的新疆、西藏的医生或者医疗机器人给当地的病人做手术。

## 工业机器人将变成"维修工"

在工业领域，5G 也将会把自身的网络优势发挥到极致，带动中国传统制造业的转型升级，让智能制造演变到更加智能化、智慧化的阶段，一定程度上提升了工业互联网的发展水平。

"智能制造的一个显著特点就是用工业机器人来替代部分人工劳力，让工厂的生产效率更高。"武锁宁说，在 4G 时代，智能制造受制于网络本身的短板并不能完全发挥"功力"。

5G 网络进入工厂，在减少机器与机器之间线缆成本的同时，也会利用高可靠性网络的连续覆盖，使得机器人在移动过程中活动区域不受限，可按需到达各个地点，在各种场景中进行不间断工作以及工作内容的平滑切换。

这还仅仅是一个方面。5G 还可构建连接工厂内外的人（包括工厂员工、消费者）和机器的全方位信息生态系统，最终实现任何人和物在任何时候、任何地点都能共享彼此信息。

如此一来，消费者便可通过 5G 网络参与到企业的生产过程中，包括设计产品以及实时查询产品的生产状态。

武锁宁说，更为重要的是，在未来的智能工厂中，工人、工业机器人、产品、原料都将会变成一个有感知和反应能力的个体，相互之间能够"对话交流"。

当某一物件发生故障时，问题将会即时上报给工业机器人。一般情况下，工业机器人可根据自主学习的经验数据库中的数据自主完成修复工作；当工业机器人无法修复故障时，工人便可利用 VR 设备，远程指导工业机器人进行操作。"这不只对中国制造业，对全球制造业都将会产生极其深远的影响。"武锁宁说。

## 跟着裁判看比赛

"当然，5G 带来的改变将会更多地涉及普通民众日常生活的各个层面。"中国移动通信集团浙江有限公司杭州分公司政企部系统方案主管陆恒力对《瞭望东方周刊》说。

以外卖为例，考虑到送餐时间，目前各家外卖平台上提供的服务都是就近下单，用户只能选择所在地周边几公里范围内的商家下单，无法跨区域订餐。也就是说，一个住在北京西城的人是不可能吃到丰台一家餐馆的外卖的。

"有了 5G 网络后，外卖平台便可用速度更快的无人机送餐，打破区域限制。"陆恒力说，无人机对网速和时延有很高要求，一旦操控者或后台系统不能在其遇到障碍时及时变更路线，后者就很容易失去方向，发生意外，这些在 4G 时代都无法实现。

而对那些喜欢宅在家里的人来说，5G 将会提供更便利、舒适的生活。"越来越多的事都不需要出门，在家就能轻松完成，而且体验会更好。"陆恒力说。

比如，你只需在家带上 VR 头盔，足不出户便能通过遍布在各个景区、360 度旋转的高清摄像头与身处当地的游客一样，实时同步欣赏北京颐和园、杭州西湖、四川九寨沟的全景，连在湖里的游鱼都能看到。

同样借助 VR 头盔或者眼镜，球迷们未来可在家中的 5G 网络下实景观看世界杯、奥运会、亚运会的各项比赛，效果会比去了现场更震撼，因为通过分布在场馆各个角度的摄像头，你可以随意切换角度，甚至能用裁判或者运动员的视角看球。

就连买票也不用对着一张毫无立体感的平面图选座了，可通过 VR 设备"站到"剧场里面，"实地"体验到底哪个座位视觉效果最好，然后再下单。

这种场景应用最快将会在 2022 年的杭州亚运会期间落地。

"这些还只是 5G 带给的一部分改变，并非全部。"曾剑秋说。

（摘自《瞭望东方周刊》总第 770 期）

# 2018，改革的不惑之年

吴晓波

## 1

2018 年底，孙中伦将完成硕士学业。他出生于 1994 年，在剑桥大学的人类社会学系就读。在过去的几年里，每当暑假，孙中伦就会回国参加各种社会实践。他在北京的单向街书店当过店员，去甘肃定西做过支教老师，在成都漆器厂当过学徒工。2015 年的时候，他孤身南下东莞，在一家电子厂当了两个月的打工仔。

在最简陋的教室及那些被机器轰鸣声淹没的车间里，孙中伦遇到了他的同龄人和一个陌生的当代中国，"那里有打铁声，塑胶味，一群忙碌无言的人和一堆日夜不休的机器"。孙中伦说："我真的无能为力，为他们做不了什么，我就是想把他们的故事记录下来"。

距离他打工的工厂 300 米远，是亚洲最大的观澜湖高尔夫球场，那里出没着这个时代的成功者，当然也包括他们的子女。根据中欧商学院的一份调查报告显示，一半左右的企业家二代表示对继承他们父辈的产业兴趣不大。孙中伦的家乡在江苏江阴，那里是改革开放以来最早富裕起来的乡镇，与他的祖父年纪相近的吴仁宝是第一代著名农民企业家，他领导的华西村一度号称"天下第一村"。如今，吴仁宝已经去世，由他的 3 个儿子领导的华西集团正面临严峻的转型压力。

40 年来，一切已经出现的、正在发生的，都无可厚非。每一个人的生活都如同一粒被糖衣包裹着的巧克力，它也许是甜腻的，也许是苦涩的。

在这轮经济变革开始的 1978 年，全体国民并不知道未来之路通往何处。他们能告诉自己的是，必须从贫瘠中逃离出来，无论用怎样的手段，都要改变自己的命运。

到 2008 年的时候，经济的高速增长以及奥运会的盛大举办，给全民留下了一段激荡的岁月记忆。

又过了 10 年，当中国成为全球第二大经济体，当孙中伦们也成熟起来的时候，新的国民命题开始出现。人们发现，旧有的机遇、经验和能力消失了，贫富悬殊替代物质发展成为新的挑战，甚至连互联网也形成了让人畏惧的垄断性力量。

从 1978 年的徘徊苦闷，到 2018 年的激越亢奋，40 年来，中国以空前的创造力，向世界证明了自己的勇气和格局。

从年广久、吴仁宝，到张瑞敏、柳传志，再到马云、马化腾，以及正在剑桥深造的孙中伦们，中国在不同的时代给出了不同的机遇和使命，让一代代人用自己的方式承担和解答。

## 2

中国现代化的动力源到底是什么，这一直是容易引发争论的、让人不无焦虑的话题。

早在1948年，青年费正清在《美国与中国》一书中，用"冲击—反应"模式解释中国的现代化之旅。在他看来，"西方是中国近代转型的推动者，是西方规定了中国近代史的全部主题"。

近半个世纪之后，当费正清编完厚厚15卷《剑桥中国史》时，他部分地修正了自己的观点。在《中国新史》中他承认，中国的现代化进程尽管受到西方的影响，但仍主要基于中国自身的内在生命和动力。

罗纳德·科斯在《变革中国》一书中，曾用"人类行为的意外后果"来形容中国本轮的经济变革运动，"引领中国走向现代市场经济的一系列事件并非有目的的人为计划，其结果完全出人意料"。当他在2008年写下这段文字时，也许已经预见到接下来的10年，中国改革的独特性仍将让人在好奇中忐忑不安。

从40年的历史来看，科斯的判断也许只对了一半。

中国经济变革的动力来自四个方面。

制度创新——40年来，恢复及确立市场在资源配置中的角色与作用，一直是中国治理者持续探索的方向。与其他市场经济国家不同的是，中国政府始终保持国有资本在国民经济中的控制力。

容忍非均衡——中国改革的非均衡特征和"灰度治理"，是打破计划经济体制的独特秘诀。它包括"让一部分人先富起来"、东南沿海优先发展等。

规模效应——庞大的人口规模为中国的创业者提供了巨大的成长红利，这使得每一个产业的进入者都有机会以粗放的方式完成自己的原始积累，然后在此基础上，建立核心竞争力。

技术破壁——相对于制度创新的反复性，技术的不可逆性打破了准入壁垒，从而重构产业范式，并倒逼体制改革。这一特征在改革的前 30 年并不突出，然而，随着互联网的崛起，很多产业的原有基础设施遭到冲击，使得竞争格局焕然一新。

## 3

你很难说，2018 年的中国属于哪一代人。

2018 年，698 万名出生于 1995 年的大学毕业生进入各自的职场，而 2000 年出生的人则参加全国高考。作为著名轿车品牌的奥迪车，全年销量中有 54% 的消费者为"80 后"。在 2017 年底的电商年货节上，"80 后""90 后"成为线上囤年货的主力军，其消费金额占比接近八成。根据麦肯锡发布的财富报告，中国千万富翁的平均年龄为 39 岁，比美国的至少年轻 15 岁；在这个全球最大的奢侈品市场上，约有 45% 的购买者年龄在 35 岁以下。

也是在 2018 年，从万科董事长位置上退休的王石，仍频繁地参与种种公益和商务活动，他每天在一张蹦床上健身一个小时，并决意在 3 年后他 70 周岁时，再次攀登珠峰。2018 年 1 月 14 日，是褚时健 90 岁的生日，他在云南龙陵县和陇川县征得 36 000 亩山林地，开始营建多品种水果基地，到秋天，第一批挂果的甜橙和水蜜桃可以采摘。

"这是现代中国的第一代人，他们被允许对其未来做出真正的选择。"《时代》周刊曾用这样的口吻描述当代中国人，换言之，这也应该是 40 年改革的最大成就。这个时代从不辜负人，它只是磨炼我们，磨炼每一个试图改变自己命运的平凡人。

# 4

在 2017 年中国企业 500 强排行榜上，排名前 5 名的分别是国家电网、中石化、中石油、中国工商银行和中国建筑。这是一个以营业收入为指标的榜单，排名前 30 名的企业中，来自民营资本的只有华为控股和饱受争议的安邦保险。从这个角度来看，可以清晰地看到数十年来，国有企业的强势和控制力并未削弱。

如果换一个角度，从市值来比较的话，你会看见另外一个真相。在 2007 年，全球市值最高的 10 大公司分别是：埃克森美孚、通用电气、微软、中国工商银行、花旗集团、AT&T、荷兰皇家壳牌、美国银行、中石油和中国移动。

而 10 年后的 2017 年，榜单已赫然面目全非，10 家公司分别是：苹果、谷歌母公司、微软、脸书、亚马逊、伯克希尔—哈撒韦、腾讯、美国强生、埃克森美孚和阿里巴巴。

在全球商业界，7 位高科技企业家取代了传统的能源大亨和银行家；在中国，两位姓马的互联网人取代了 3 个"国家队"队员。你终于发现，世界真的变了，中国也真的变了。

在 10 年前，如果讲国民经济的基础设施，它们是电力、银行、能源、通信运营商等，基本被国有资本集团控制。可是在 2018 年，你必须提及社交平台、电子商务平台、移动支付平台、新物流平台及新媒体平台，而它们的控制人几乎全数为民营资本。

在决定未来 10 年的新兴高科技产业中，人工智能、生物基因、新材料、新能源等领域，民营企业的领跑现象似乎也难以更改。

这种因技术破壁而带来的资本竞合格局，不得不让人开始重新思考国有资本在国民经济中的角色、功能及存在方式。

由此，你会惊奇地发现，貌似无路线预设的中国改革，实则一直有着强大的市场化的内在逻辑。如同大江之浩荡东流，其间百折千回，冲决无碍，惊涛与礁石搏斗，旧水与新流争势，时而江平潮阔，时而浪高岸低，但是，趋势之顽强、目的之确然，实非任何人可以阻挡。

同时，你也必须看到，中国改革及企业成长的复杂性，一点也不会因为趋势的存在而稍有减缓。

数十年前，中国改革的"假想敌"是僵化的计划经济体制，大破必能带来大立。对既有秩序的破坏本身具有天然的道德性，甚至"时间就是金钱"，然而，时至今日，"假想敌"变得越来越模糊。

数十年前，市场开放、产业创新可以采用"进口替代"和跟进战略，我们"以市场换技术""以时间换空间"，通过成本和规模优势实现弯道超越。然而，时至今日，越来越多的中国公司成为全球同行业中的规模冠军，它们的前面不再有领跑者，创新的莫测与压力成为新的挑战。

数十年前，全世界都乐于看到中国的崛起。在世界银行的名单上，它是一个亟待被援助的落后国家；在欧美企业家的认知中，它是一个商品倾销和技术输出的二线伙伴。然而，时至今日，中国已成为最大的外汇储备国和第二大对外投资国，至少有 127 个国家视中国为最大的贸易伙伴，甚至连《时代》杂志都献媚似的以"中国赢了"为封面报道的标题。与此同时，中国资本的购买能力引起了西方国家的警惕，并予以政策性的遏制。

于是，当改革进入下半场之后，中国的自我认知亟待刷新，世界与中国的互相了解和彼此的心态，也面临新的调整。这不是一个可轻易达成的过程。

## 5

此时此刻，中国以新兴大国的姿态站立在历史的临界线上。

经济学家林毅夫认为，"按照市场汇率计算，中国的经济规模最慢到2025年会超过美国。若是按照购买力平价计算，2025年中国经济的规模可能是美国的1.5倍或者更高"。尽管他是经济学家中最乐观的一位，不过在未来的10到12年内，中国在经济规模上超过美国，恐怕是经济学界的一个共识。

到2030年前后，中国的城市化将进入尾声，届时有9.4亿人口居住在城市里，由此将可能出现6至10个3000万人口级的巨型城市群。在那一年，中国的老龄化人口将超过30%。而步入中老年的"60后""70后"一代将成为全球规模最大的高净值群体，养老产业将替代房地产成为第一大消费产业。

也是在未来的这10来年里，"第四次浪潮"所形成的科技进步将颠覆既有的产业秩序，甚至挑战人类的伦理。随着奇点时刻的临近，机器人智力逼近人脑；生物技术革命将可能让人类寿命达到100岁；中心化的互联网消失，万物联网时代到来；新能源革命将宣告石油时代的正式终结。没有人知道，今天出现在全球市值前10位的公司，在10年后还会幸存几家。

在科技进步的意义上，改革已步入不惑之年的中国，正处在大变革的前夜。而技术的非线性突变又会对中国社会造成哪些破壁，更是让人难以预测。

有人叹息青春散场，历史已经结束，也有人吟唱"世界如此之新，一切尚未命名"。

（摘自中信出版社《激荡十年，水大鱼大》一书）

## 进入无垠广袤的人生

陈　芳　王　丽　董瑞丰　刘宏宇　齐　健

### 20 多年只做一件事

1945 年出生的南仁东，一生极富传奇色彩。从清华大学无线电系毕业后，他在东北一家无线电厂一干就是 10 年。改革开放后，他代表中国天文学界的专家，在国外著名大学当过客座教授、做过访问学者，还参加过 10 国大射电望远镜计划。这位驰骋于国际天文学界的科学家，曾得到过美国、日本天文学界的青睐，却在 20 世纪 90 年代中期，毅然舍弃高薪，回国就任中国科学院北京天文台副台长。

南仁东留八字胡，个子不高，嗓音浑厚，精神头十足，总是特别有气场。寻找外星生命，在别人眼中当不得真，这位世界知名的天文学家，却在电脑里存了好几个 G 的资料，能把专业人士都说得着了迷。自从建"中国天眼"

的念头从心里生出来以后，南仁东就像上紧了发条一样。

选址、论证、立项、建设，哪一步都不容易。有人告诉他，贵州的喀斯特洼地多，能选出性价比最高的"天眼"台址，南仁东就立马踏上从北京开往贵州的火车。绿皮火车咣当咣当地走了近50个小时，他来来回回地坐着，不觉间车轮就滚过了10年。从1994年到2005年，南仁东走遍了贵州大山里的上百个窝凼。在乱石密布的喀斯特石山里，不少地方连路都没有，只能从石头缝间的灌木丛中深一脚、浅一脚地挪过去。1998年夏天，南仁东下窝凼时，瓢泼大雨从天而降，山洪裹着沙石，能连人带树一起冲走。南仁东往嘴里塞了颗救心丸，连滚带爬地回到垭口。时任贵州平塘县副县长的王佐培，负责联络望远镜选址，第一次见到这位天文学家，不由得赞叹他太能吃苦。人走在七八十度的陡坡上，就像挂在山腰间，要是抓不住石头或树枝，一不留神就会摔下去。

建"天眼"之艰，不只有选址，还有工程预算。有那么几年时间，南仁东成了一名"推销员"，无论大会小会、国内国外，逢人就推销"天眼"项目。

"天眼"成了南仁东倾注心血的孩子。他不再有时间打牌、唱歌，说话变得开门见山。审核"天眼"方案时，不懂岩土工程的南仁东，用了1个月埋头学习，对每一张图纸都仔细审核、反复计算。

"20多年来他只做这一件事。"南仁东病逝的消息传来，国家天文台台长严俊把自己关在屋里哭了一场，"'天眼'项目就像为南仁东而生，也燃烧了他最后20多年的人生。"

## 一直在跟自己较劲

"天眼"曾是一项大胆到有些突兀的计划。20世纪90年代初，中国最大的射电望远镜口径不到30米。与美国搜寻地外文明研究所的"凤凰计划"

相比，口径 500 米的"中国天眼"，可将类太阳星巡视目标至少扩大 5 倍。这个世界独一无二的项目，不仅有关天文学，还将叩问人类、自然和宇宙的亘古之谜。在不少人看来，这简直是空中楼阁。"一项野心勃勃的计划。"国外同行这样评价。

中国人为什么不能做？南仁东从骨子里不服。"对他而言，中国需要这样一个望远镜，他扛起这个责任，就有了一种使命感。""天眼"工程副经理张蜀新与南仁东的接触越多，就越理解他。

"天眼"是一项庞大的系统工程，对于涉及的每一个领域，专家都会提各种意见，南仁东必须做出决策。这位首席科学家、总工程师，自认为是一个"战术型的老工人"，对于每个细节，南仁东都要百分之百肯定的结果；如果没有解决，就一直盯着，任何瑕疵在他那里都不会被放过去。工程伊始，要建一个水窖。施工方送来设计图纸，他迅速标出几处错误，并打了回去。施工方惊讶极了："这个搞天文的科学家还懂土建？"

"天眼"总工艺师王启明说，科学要求精度，精度越高，性能越好；可对工程建设来说，精度提高一点，施工难度就可能成倍增加。南仁东要在二者之间求得平衡，不是一件容易的事。他有一次跟张蜀新说："你以为我天生什么都懂吗？其实我每天都在学。"

2010 年，因为索网（"天眼"反射面的支撑体）的疲劳问题，"天眼"经历了一场灾难性的风险。时年 65 岁的南仁东寝食不安，天天在现场与技术人员沟通。对于工艺、材料，"天眼"的要求是现有国家标准的 20 倍以上，哪有现成的技术可以依赖？南仁东和其他工作人员日夜奋战 700 多天，经历近百次失败，方才化险为夷。大窝凼施工现场，工棚是 3 栋呈 C 形摆放的钢板房，一眼就能看出工地上的生活极其俭朴。每个房间住 4 个人，浴室、厕所是公用的，食堂里做的是大锅饭。大家说，南老师也过着这样的集体生活。

2015 年，已经 70 岁的南仁东被查出患有肺癌，接受了第一次手术。之后，家人让他住到郊区的一个小院静养身体。一次，他的学生、国家天文台研究员苏彦去看他。苏彦宽慰南仁东，说他终于可以过清闲日子了。往日里健谈的南仁东，过了半晌，才说了一句"像坐牢一样"。身边的人都说，为了"天眼"这个世界独一无二的项目，他一直在跟自己较劲。

## 对世界有一颗柔软的心

面容沧桑、皮肤黝黑，这位外貌粗犷的科学家，对世界却有一颗柔软的心。

"天眼"馈源支撑塔施工期间，南仁东得知施工人员大部分来自云南的贫困山区，生活非常艰难，便悄悄打电话给"天眼"工程现场的工程师雷政，请他了解工人们的身高、腰围等情况。当南仁东第二次来到工地时，随身带了一个大箱子。当晚他和雷政提着箱子去了工人的宿舍，打开箱子，里面都是他为工人们买的 T 恤、休闲裤和鞋子。南仁东说："这是我跟老伴儿去市场挑的，大伙儿别嫌弃……"回来的路上，南仁东对雷政说："他们都太不容易了。"

第一次去大窝凼，爬到垭口的时候，南仁东遇到了放学的孩子们。他们那单薄的衣衫、可爱的笑容，触动了南仁东的心。回到北京，南仁东就给县干部张智勇寄去一封信。"打开信封，里面装着 500 元。南老师嘱托我，把钱给卡罗小学最贫困的孩子。他连着寄了四五年，资助了七八个学生。"张智勇说。

在南仁东的学生们眼中，他就像一个既严厉又和蔼的父亲。2013 年，南仁东和他的助理姜鹏经常从北京跑到柳州做实验，有时几个月内要跑五六趟，目的是解决一个 10 年都未解决的难题。后来，这个问题终于解决了。"我太高兴了，以至于有些得意忘形。当我第三次说'我太高兴了'时，他猛地浇了我一盆冷水，提醒我作为科学工作者，一定要保持冷静。"姜鹏说。

2017 年 4 月底，南仁东的病情加重，进入人生倒计时阶段。当时，他的学生甘恒谦正在医院接受一个脚部小手术。一天，甘恒谦发现老师南仁东和夫人拎着慰问品来病房看他，这让他既惊讶又感动。

有几句诗，是南仁东写给自己和这个世界的：

美丽的宇宙太空以它的神秘和绚丽，

召唤我们踏过平庸，

进入它无垠的广袤。

（摘自"新华网"，2017 年 9 月 25 日）

# 如何让粉丝飞到你的碗里来

寇尚伟　刘侠威

不管线上还是线下，一切商业行为的本质都是聚粉。

互联网对于传统商业的革命就在于打破了地域之间的界限，让有着共同兴趣、爱好和价值观的人可以聚集在一起，这就是粉丝经济的前提。不管是线下还是线上，经营的本质其实都是一样的，就是聚粉。线下通过选择旺铺、活动促销来吸引客流，线上搭建平台、社群同样也是在引流。人是一切商业行为的起点，也是终点，因此，互联网营销首先要做的就是聚集粉丝。

与传统漫天撒网式的引流方式相比，互联网营销最大的优点就是精准，例如通过大数据分析可以实现广告的精确投放，通过 LBS 技术可以迅速捕获正在自己店铺周围的潜在顾客。但线上聚粉也并不是看上去那么容易的事情，不是说建一个官网，申请一个微信、微博号就能吸引粉丝前来，要知道粉丝不会主动飞到你的碗里来，必须有足够的"勾引"才行。

做好定位。这是品牌传播和聚粉的前提。以微信为例，你是要建公众号还是服务号，是一个号还是多个号的组合，每个号的功能有什么区分。公众号一般用来做品牌传播和新粉拓展，而服务号用来做体验沉淀顾客，引导成交。

此外，公众号的名字和头像也要做好风格定位，是走卖萌路线还是官方路线，这也关系到后面的内容风格。

还有一点也十分重要，就是你的价值定位，通过这个平台你能为用户解决什么问题，换句话说，就是用户关注你能得到什么。比如商品折扣信息、有趣好玩的线下活动、某方面的知识等等，这一点一定要讲清楚。一个准确的定位也是形成圈子和社区的前提，粉丝关注的转化率与流失率，很大程度上取决于你的定位。

寻找种子用户。凯文·凯利在《技术元素》一书中提到："任何创作艺术作品的人——只需拥有1000名铁杆粉丝便能糊口。"其实，不只是艺术创作者，我们任何人只要拥有1000名铁杆粉丝，糊口都没问题。铁杆粉丝是什么？就是无论你创作什么作品，无论你卖什么产品，都愿意为你埋单的人。

小米现在在社交媒体上拥有上千万的粉丝，但最初也是通过100名"梦想赞助商"（铁粉）慢慢扩散而来的。企业要聚粉，首先要发展一批铁粉，铁粉的选择有这么几条标准：1. 价值观与你高度一致；2. 热衷互动分享；3. 意见主导人。

那么，种子用户如何获取呢？首先是找到他们，这其实也不难，因为目前的QQ群、微信群、贴吧、社区一般都有属性标签，例如美食、旅游、IT等等，这些基于兴趣或者行业的社群一般都是比较精准的，转化率也比较高。例如中信银行2013年在百度贴吧注册官方讨论吧"章鱼卡吧"，为中信信用卡及非中信信用卡客户提供金融知识普及、信用卡设计互动、信用卡服务体验和线下活动等粉丝专享特权，建立两个月，"章鱼卡吧"粉丝就突破了45万人，并且每天都在快速增长。

新建立的账号由于基础粉丝比较少。难以用每日推送来吸引转发获取更多关注，所以最需要一批种子用户。当然，种子用户的聚集有很多种方法，比如送礼品活动、转发有奖、关注有礼等，但需要注意的是利益诱导只能作为一种辅助手段，而要想与粉丝建立长久的联系，就必须达成价值上的认同。例如苹果、小米所代表的品牌文化。

免费营销。360通过免费杀毒软件成功狙杀了卡巴斯基等行业大佬，淘宝通过免费开店有效扼制了亚马逊在中国的扩张，而如今，免费正在成为一种最有效的聚粉手段，比如有奖转发、红包分享、集赞免单等等。消费者喜欢免费的东西不仅是因为贪图小便宜，而且是一种自我利益保护的本能。在市场交易中，消费者总是处在信息不对称的弱势地位，所以消费的风险就很大，而通过免费的方式可以打消消费者的顾虑，让他们敢于去尝试。

尤其是一些做高端农业的企业，因为产品价格高，致使消费者望而却步，只有让消费者亲自体验才会了解你产品的价值所在。"本来生活网"在推广褚橙的时候，就是通过邮寄给有影响力的人物，让他们免费试吃，从而掀起了传播浪潮。

当然，免费营销一定要注意两点：一是要信守承诺，千万不要忽悠消费者。此前在朋友圈爆出的"55°杯营销骗局"就是一个典型的案例。当时一批草根号利用消费者对这款喝水神器的期待热度，骗取分享和关注，承诺只要将杯子信息分享到朋友圈，集够一定数量的"赞"，关注公众号并发送集赞截图，就能够免费得到这款水杯。然而许多人在分享关注之后却没有等来水杯，随后网上讨伐声一片，虽然后来证实这并非品牌方所为，但对品牌造成的恶劣影响却已经无可挽回。一批微信公众号也因"涉嫌诱导朋友圈分享55°杯"遭到微信官方封号。二是免费营销要有足够的"筹码"。2014年，小米搞的"集赞召唤红米Note"活动就是因为筹码足够而大获成功，用户在QQ空间签到之后集齐32个赞就有机会直接抽取红米Note或F码。活动推出之后，在小米论坛、百度贴吧等众多米粉聚集地，大批网友纷纷"求赞"，并互相帮忙点赞。甚至还有网友表示，为了凑齐 32 个赞，许久没有联系的小学同学突然拉了 QQ 群，同学们互相到彼此的 QQ 空间点赞。据说，小米此次活动共吸引了超过 1 亿人点赞。

好玩有趣，这在互联网时代简直是毋庸置疑的事实。互联网用户拒绝说教，看重参与感，因此，有创意、好玩的品牌营销活动往往最受青睐。比如 2014 年刷爆朋友圈的 H5 营销，就是通过好玩的小游戏吸引用户参与进来，从而实现了聚粉的目的。2014 年 7 月，维多利亚的秘密为预热七夕上线了一款"摩擦摩擦"雾化技能的场景应用，首页被雾化过的照片，需要手机用户用手指轻轻擦拭，就会有一位清晰的维密女郎出现，随后滑动浏览进入品牌介绍的页面，吸引了大量粉丝围观参与。还有 2014 年春节的红包大战，充分调动了网民参与的热度，影响力甚至超过春晚，最后企业、用户都皆大欢喜。

如果每次都是促销、优惠券、商品推荐、心灵鸡汤这些固定的玩法，一次两次可以，久而久之用户必定心生厌倦。互联网零食品牌三只松鼠的营销互动非常有创意。他们在微信上自编自导的微信电台栏目《松鼠树洞》非常受欢迎，借树洞概念鼓励粉丝用语音倾诉自己的心事或秘密。运营者小美每期会根据一个主题制作电台节目，例如《一个人，也要好好喝杯茶啊！》《同桌的你》《你不慢下来，要怎么快乐》……节目都是自己用 iPhone 录音、自己剪辑、自己写，没有请过专业电台 DJ，恰恰因为这样，反而让人更有亲近感，自制音频节目每月的播放量都能超过 1 万。

三只松鼠创始人章燎原说过，三只松鼠代表的是一个互联网品牌，甚至是一个年轻时代的符号。年轻一辈人在网购时希望获取快乐，需要更好的互动和愉快的心情，80 后、90 后需要什么，三只松鼠就做什么。这也是互联网时代所有品牌应当有的态度。

同时，我们也应当看到微信最近加大了对朋友圈刷屏信息的整治力度，一旦你发送的信息被用户认定为骚扰信息将会被永久屏蔽。微信是鼓励朋友圈分享的，但必须是用户自发性的分享，而不是通过技术手段和利益诱导。所以这要求企业在营销方式上不断创新，不断给用户以新鲜感，才能调动他们主动参与的积极性。

广撒网，多点布局。除了主流的微信、微博等社交媒体之外，还有很多其他的吸粉渠道，比如百度贴吧、支付宝服务窗、QQ空间、陌陌、地方网站等，要想快速聚集粉丝就必须多点布局，多渠道引流。任何一种社交媒体都会被颠覆，微信也一样，而且不同社交媒体的人群分布也是不同的，比如QQ空间是90后的阵地，而陌陌上的用户更加适合餐饮等本地化服务企业。除此之外，一些垂直类的社交应用平台也可以利用，例如墨迹天气，现在已经有几千万的用户，2014年3M口罩就曾在其平台上免费派发10万只，收获了良好的品牌宣传效果。

地推模式。传统观念里认为地推模式非常难展开，要租用场地，要雇用大量的推广人员等，其实这些都是误解。良品铺子微商城负责人龚康曾告诉笔者，他们通过"微信支付1分钱送礼"的地推活动，一周时间增长了9万多名粉丝，而且获取一个新客户的成本才7~8元钱，而目前线上获取一个新客户的成本是120元。

对于O2O模式的企业来说，地推更是必不可少的聚粉方式。通过地推活动可以直接接触到潜在的顾客群体，精准高效。

聚粉的具体方式有很多种，这里讲的都是一些通用的经验，但不管采取何种方式，都要记住一个前提，那就是"内容为王"，也就是你能够为粉丝提供持续价值的能力，这才是最关键的。否则，粉丝即使来了，也会失望而去。

（摘自《销售与市场·管理版》2015年第8期）

# "无现金社会"的利与弊

郑依妮　张信宇

## "无现金"青年的生存美学

　　高盛集团在近期发布的一份《无现金趋势报告》中称，现金社会的发展已经到了顶点，在不久的将来，包括中国在内的许多国家都将进入"无现金社会"。传统的现金支付不再跟得上社会发展的速度。要知道，每一次现金收付平均需要 26 秒钟，每一张纸币平均带有 18 万个细菌，每生产 15 000 张纸币要砍掉一棵树龄 20 年的树。为了成功实现《巴黎气候变化协定》中人类在 2050 年逐渐将碳足迹降至接近零的目标，人类需要一种全新的生活方式，"无现金"的生活就是其中之一。

　　2017 年全国"两会"期间的一项调查显示，有超过 70% 的网友认为现金已不是生活必需品。"无现金"的一天究竟是怎样的？

据调查，"92一代"是中国目前最早完成"无现金生活"的社会群体，在他们看来，问题已经不是要不要现金，而是怎样在"无现金"的世界里提升自己的信用等级。蚂蚁金服的免押金信用服务已经覆盖全国381座城市。有专家预测，在未来的"无现金生活"中，信用将会取代押金，而取代现金支付的不是支付公司，是信用。凭借芝麻信用的积分，人们可以免押金直接租借雨伞、充电宝或租房、租车、住酒店等。也许你觉得这些都很超前，其实，全国近两千万人已经用过各种免押金信用服务。不出几年，中国的大部分城市将成为信用城市。谁能够累积更好的信用，谁就能更好地在"无现金社会"获得更便利舒适的生活体验。

杜莉就是一个芝麻信用的"高级玩家"。1993年出生的她，已经是杭州某互联网公司的品牌经理。作为支付宝的资深用户，杜莉意识到她的每一笔无现金支付，都是一次信用积累。杜莉现在的日常生活已经完全处于无现金的状态。每天早上，杜莉来到小区门口，这里已经整齐地停好了一排共享单车。她用手机一扫就能骑着车去上班。上班路上，顺便用支付宝在卖早点的李大妈那里买一份营养早餐。中午，杜莉和同事一起去吃饭时，连钱包也不用带。吃完饭，再也不用问半天谁有零钱，大伙儿直接用手机AA制结账，方便利落。

"无现金"的生活趋势不仅出现在杭州。根据支付宝提供的数据，截至目前，全国范围内已经有超过200万家线下店铺接入支付宝付款，就连小商贩、快递、菜场、农贸交易等原本现金支付程度较高的生活场景，也在不断接入无现金支付。

事实上，"无现金生活"并不是指整个社会完全没有现金，而是指一种以电子支付为主的经济模式，全社会现金使用率极低，人们可以无障碍地使用电子支付方式进行消费。有了云计算、生物识别和人工智能等技术的支持，未来的无现金社会甚至有可能让人彻底告别"身手钥钱"（身份证、手机、钥匙、钱包）的状态。

## "无现金社会"伤害了谁

支付宝在 2017 年 8 月 1 日至 8 日举办了"无现金移动支付体验活动"，推出"扫码立减最高 4888 元""支付宝扫码坐公交 3 天免费"等一系列优惠活动。其实，早在 2017 年 2 月，支付宝就号称要用 5 年时间把全中国推进到"无现金社会"。面对支付宝的"无现金移动支付体验活动"，另一家移动支付大公司——微信支付也立刻跟进，推出直接对标的"鼓励金"活动。在互联网大并购时代之后，这样的机会对于老百姓来说已经越来越少了。当然，有鼓励就难免带来歧视，拒收现金便是例子。

商家拒收现金的新闻其实早已见诸报端，只是未受重视。随着这几年虚拟经济与实体经济的融合，阿里巴巴提出"新零售"概念，要用技术重构线下零售形态、重构超市，于是办起了"盒马鲜生"会员店。这种不收现金，只能通过 App 付款的超市新业态，却在上海等地被碰壁老人屡屡投诉。很多老人别说使用"盒马鲜生"的 App 了，连智能手机都不会用。他们或与子女同行购物，或付现金给其他顾客，再由其他顾客通过"盒马鲜生"App 结账付款。

目前，虽然中国绝大多数人手中都有一部智能手机，但这个"绝大多数人"主要指的是中国的劳动人口。在劳动人口之外，还有占总人口数 35% 的接近 5 亿的老人和小孩，他们很难享受到移动支付的便利。

尽管学习一种新的支付方式对于老人来说很难，但仍然有一些人在试图努力跟上快速发展的社会节奏，只是这并不容易。一位同事的母亲用支付宝的时候，指纹支付帮助她免去记密码的负担，但新的烦恼又产生了：由于支付宝这类 App 更新迭代太快，每更新一个版本，她就要重新学习、重新适应。账单和余额选项换了入口需要重新找，很多老人就连版本更新后的开屏介绍广告都不知道怎么跳过。

这让我想起 2004 年第五套人民币 1 元纸币刚发行的时候，一些小摊贩因为获取信息的渠道有限，完全不知道新发行了橄榄绿色的 1 元纸币。有那么一段时间，你用新版的 1 元纸币是买不到菜的，摊贩们会认为你使用的是假币。纸币也需要更新换代，但其更新频率一般是几十年一次，学习成本没那么高。但十天半个月就更新的 App 就完全不一样了。

除了"不方便"，移动支付常年的支付补贴也让不会使用它的人在"经济上"处于不平等地位。以电影票为例，线上购票渠道的价格受补贴影响一直大幅度低于线下售票渠道的价格。马云曾说，2014 年打车软件集体大战时，出租车司机为了获得各打车软件提供的补贴优惠，只接通过软件打车的乘客，这导致像他母亲这样的老年人的利益受到很大损害，连基本的打车服务都享受不到。

在年轻人看来无限美好的移动支付，在老年人和一些不会使用移动支付的人眼里，是一道道的门槛、歧视和障碍。老人可以不去"盒马鲜生"买东西，但移动支付的目标不只是新潮的商场和便利店。在未来，越来越多的基础设施，包括公交、地铁、社保、银行都会成为"无现金化"的目标。

支付宝和微信支付，曾经是横空出世的技术创新者，肩负着挑战强大的银行系统、建立完善的新型信用制度的重任。但到了近几年，由于移动支付发展太快，在社会总支付交易笔数中的占比越来越高，移动支付已经显得过于强大，甚至在挤压老年人群体的支付生存空间。

技术越是进步，越要尊重人们的选择权。技术要服务于人的需求，而不希望反过来推着大家快步向前走。受商业利益驱动，"无现金"便捷的一面早已被广而告之，但是它的另一面——收入不平等、数字鸿沟、消费数据隐私被窃取等问题，却往往被忽视。

2017 年 8 月，作为中国移动支付行业领先者的蚂蚁金服 CEO 井贤栋率先呼吁："无论是使用现金，还是银行卡或电子钱包的消费者，都应被提供他们最需要的服务。我们提倡给世界带来更多的平等机会，也包括每个人在支付选择上的平等。"

消费者想要的"无现金社会",不是拒收现金的社会,也不是数据无保障的社会,而是更加高效和安全的社会。正如井贤栋所说:"我们一直相信,技术的进步不会剥夺这个世界的温暖。"

(摘自《读者》2018 年第 1 期)

# 你凭什么和土豪做朋友

杨奇函

在传统的经济学观点中，经济全球化促进了社会分工，缩小了贫富差距。为什么呢？因为国际贸易中各国有"比较优势"。简单说来，发挥"比较优势"就是：美国做一台电脑用五个工人，越南做一台电脑用三十个工人；美国做一条裤子用一个工人，越南做一条裤子用两个工人。那么分工就是美国做电脑，越南做裤子。为什么呢？因为大家的时间有限，美国就挑自己最擅长的做，即便这两项"绝对优势"都具备，但是做电脑更快、更赚钱，就把做裤子的机会留给越南。分工就这样产生了。

但是马斯金先生和他的研究伙伴发现，各发达国家的生产率也分三六九等。举例来说，发达国家中美国的生产效率是 A，韩国是 B，发展中国家泰国是 C，加纳是 D，合作只会出现在生产效率差距不是特别大的国家之间。美国和韩国会有合作，韩国和泰国会有合作，泰国和加纳有合作。但是，美国和加纳几乎没有合作（这里只是不精确的举例）。就像以高新技术产业为主的美国，主要是跟技术发达的日本、法国、英国等在"一个圈子"合作，偶然跟韩国合作，很少跟泰国合作，至于加纳……"学渣"的顿悟跟土豪做朋友，也是一个道理。"土豪"这个戏谑的词是从钱的角度说的，我们就把分析仅仅限制在很俗的钱的角度，这样就容易且清晰多了。原来我觉得社会只分为"他们土豪"和"我们穷人"，所以只要和土豪做朋友，就会像发达国家和发展中国家合作一样，互助互利，共同进步，"他好我也好"。但是事实上如马斯金先生分析的全球化合作一样，社会的财富层级远远不止两个，土豪和土豪之间，穷人和土豪之间，穷人和穷人之间，都存在着很多层级。

就像之前将国际社会简单划分为美国、韩国、泰国、加纳一样，我们将社会简化分为"亿万富翁""百万富人""十万平民""穷人如我"。恰如之前对国际分工的分析一样，"亿万富翁"基本自己玩，偶尔带着"百万富人"玩，"百万富人"和"十万平民"一起玩，"穷人如我"基本自己玩。

原因就像国际社会分工一样，差距的大小是制约交际的核心。"亿万富翁"和"穷人如我"的差距实在太大了，即使到拉斯维加斯的同一间包房，"亿万富翁"五花八门的玩法，"穷人如我"听都没听过，想参与也参与不上；而"穷人如我"热衷的街口撸串，"亿万富翁"也未必玩得来。所以，与其说"亿万富翁"不带"穷人如我"一起玩，不如说两方实在玩不到一块儿去，因为跨度太大了。

自己内部一个圈子自不必说，比之"亿万富翁"和"穷人如我"之间的大跨度、高难度的"交友状况"，"亿万富翁"和"百万富人"、"百万富人"和"十万平民"，以及"十万平民"和"穷人如我"一起玩的状况就要顺畅很多。为什么呢？因为跨度小，在双方承受范围内的合理跨度是互助互爱的前提。

所以，要想跟土豪做朋友，自己首先不能太穷。因为真的会有"穷得没法做朋友"这种情况。当大土豪每天在高档会所灯红酒绿的时候，咱骑辆自行车过去也确实不方便、不好看。所谓礼尚往来，每次三万的酒水单他们都买了，自己囊中羞涩也有点过意不去。反倒是跟和我们差距不是那么大的小土豪在一些好的酒店吃吃喝喝会舒坦些，毕竟彼此在话题、内容、价值观等方面的交集要多一些。

于是，仅从财富层级这一角度看，如果真的有人想"功利"地和土豪做朋友，首先要清晰定位自己的财富层级，再去同和自己财富层级相差不太大的土豪朋友愉快地玩耍，这样发展友谊的过程效率高，发展友谊的结果质量高——太穷，就别找太富的玩。

## 如果穷，凭什么

至此，马斯金先生对"跟土豪做朋友"的启发基本说完了。现在，我们将假设极端化，来假设一种非常极端的情况："如果我就是想要出于功利目的，跟土豪做朋友呢？而且我还很穷！"

个人观点，"穷人如我"可以通过增加"自身获取社会资源的潜力"来让自己获得自己想要的跟土豪做朋友的机会。也就是说"穷人如我"的潜力可以"折现"，"折现"成"十万平民""百万富人""亿万富翁"，全看自己境况。自己的内外能力在可预期的未来能够达到什么程度，也可以决定财富层级，只不过"折现"这东西不太稳定，不过给人的稳定感到什么程度，就看自己的本事了。

怎么能加强自己"潜在获取社会资源的能力"呢？比如：学识更广，专业技能更强，学术水平更高，业务范围更广，长得漂亮，等等。也就是说，所有在个人力所能及的范围内的提升，都是跟土豪做朋友的途径。如果只是着眼于如何运用各种"勾搭"和"结交"的社交技能，那么必将和"跟土豪做朋友"这一目标背道而驰。总之，你那么穷，土豪凭什么跟你做朋友？凭的是你有潜力，而不是够殷勤。

社会上有很多这种例证，企业家的朋友们除了企业家，名学者、大律师等都是座上宾。土豪的朋友除了和自己差不多的土豪，基本上"谈笑有鸿儒，往来无白丁"，最差也是一堆男帅女靓的明星。马云跟着李连杰一起推广太极，林建岳过生日，刘德华、张学友同台献唱，当年郭台铭见到林志玲，第一句话就是："听林百里提过你。"

## 子曾经曰过

以上是关于如何跟土豪做朋友的讨论，但是这个讨论有两个硬伤：第一，技术问题，仅仅局限在"财富层级"这个单一角度讨论；第二，伦理问题，将友谊过分功利化了。当然，仅看"跟土豪做朋友"这个戏谑化表达句本身，这两个问题也不是问题。历史雄辩地证明，诸如晋国土豪俞伯牙跟荒野穷人钟子期友谊地久天长的例子，在我们生活中不胜枚举。

我个人最推崇的，是王安石和司马光，哥俩互助互黑一辈子，为了国家"你死我活"，又同舟共济。

最后，与大家分享孔子挑朋友的标准。

子曰："道不同，不相为谋。"做朋友，有钱没钱是次要的，关键得彼此三观融洽。

子曰："君子以文会友，以友辅仁。"做朋友，有钱没钱是次要的，关键得对得起德行。

子曰："益者三友，损者三友。友直，友谅，友多闻，益矣。友便辟，友善柔，友便佞，损矣。"做朋友，有钱没钱是次要的，关键得直率真诚、包容豁达、博学多才；至于阿谀奉承、两面三刀、连哄带骗的，一概滚！

（摘自人民文学出版社《如果你想过1%的生活》一书）

# 斜杠青年，月入十万

怀左同学

## 1

昨天刷朋友圈时，我又看到了"学会某某技巧，月入十万"的海报，当这样的信息被反复灌输太多次之后，我本能地感觉有些无聊。

这类似于将漂亮的女孩比作花朵的人，第一个我们觉得他有创意，第二个我们觉得他会抄袭，第三个我们会觉得他没脑子。同样地，我也想起了"狼来了"的故事，在反复的呼喊与造势中，在信与不信之间，我们的信任感终将丧失殆尽。

很多人，他自己都没能月入十万，却在扯着大旗，教别人如何月入十万。

## 2

这些年，我们放下了曾经追过的男孩女孩，转头开始追斜杠青年。

那么到底什么是"斜杠青年"？

百度百科这样说：斜杠青年来源于英文 Slash，出自《纽约时报》专栏作家麦瑞克·阿尔伯撰写的书籍《双重职业》，指的是一群不再满足"专一职业"的生活方式，而选择拥有多重职业和身份的多元生活的人群。

这里有几点关键元素：多重职业、多重收入、多元生活，而这三点，是我们很多人所不具备的。因为我们做不到，因为我们向往，所以自然而然喜欢他们——他们看起来既可以朝九晚五，又可以浪迹天涯；他们仿佛活成了我们理想中的样子，仅靠业余爱好便可以过上富足的生活。

这一点从很多青年追捧大冰的书就可以看出来，而大冰，也给我们做了最生动的斜杠展示：作家、主持人、酒吧老板、流浪歌手……

于是乎，斜杠青年成了自由的代名词，超越个别现象，成为新一代年轻人追求的生活方式。究其原因，有经济发展的因素，也有大众心理、社会文化方面的影响。

新时代，随着经济的发展和互联网的成长，大量的产业实现了革命性的变革，各种平台应运而生。整个社会重新燃起了对知识的渴望和崇拜，而在心灵最深处，其实是对个人价值的追求与放大。

慢慢地，我们开始将父辈强调的稳定扔在一旁，丰满羽翼，渴望自由翱翔。

在平凡琐碎的生活背后，是声音越来越大的狂热呼喊：我们不一样！

## 3

媒体对新事物的展现，总会结合其他元素，让它们看起来比实际情况更加吸引人。

所以当我们通过各种媒体去了解斜杠青年时，他们身上的元素总能轻松打到我们的痛点。我们因为买不起房在大城市挣扎，他们却可以年纪轻轻就月入六位数；我们因为假期太少放弃了环游世界的梦想，他们却能辞职走遍天下……

归根到底，媒体给我们的，总是我们想要的，而包装之后的人，更像天边闪闪发光的星。同时，这次的星更吸引人，因为他们就在我们身边，仿佛就是我们自己。

于是"斜杠青年"就被部分神话了，成为有钱、优秀和成功的代名词。然后一大批学生坐不住了，浮躁焦虑蠢蠢欲动，他们每天都觉得，同龄人正在抛弃自己。

很多大学生开始找各种兼职，为自己身上贴各色标签，微信名换了，自己的简介花哨了，甚至还没工作，就先印了几百张名片：外联部部长、新媒体资深运营、图书出版人、专业讲师……

认识他的人都知道，其实他只是在学院的学生会待过，自己搞了一个几百读者的微信公众号，在当地一家出版社实习了一个月，在中小学辅导机构兼职当语文老师……

过硬的实力没有，虚荣官气矫情小毛病，倒是有一大堆。身上的斜杠横七竖八，能立住的，几乎没有。

真正的斜杠，其实并不是这样。

## 4

在我看来，"斜杠"更多是一种实力经过检验和沉淀之后自然而然的结果，而不是一开始便盲目追求的唬人的噱头。

斜杠的样子应该是一棵大树，先有最扎实的根基，慢慢长出坚强的树干，然后枝叶繁茂，而不是一块小花园，虽有各种品类的花，但暴雨过后，全部零落成泥。

这也是一名斜杠青年的成长过程，根基和树干是立身之本，是个人的核心竞争力，可以养活自己，让自己衣食无忧。同时，这项能力决不能只是60分，必须不断修炼慢慢做到极致，最后足以超越大多数人。这是第一步，也就是专。

之后各种斜杠的衍生，更多是因为树干而来，或者引来了资源，或者争取了时间，让我们可以有机会做其他事情，并且站在已有的平台上，利用势能优势，在最短的时间内做出成绩。

举一个我身边的例子，是一个热爱写作的女生。她通过自己的文字，在各大平台积累了很多读者，然后拥有了属于自己的个人品牌，之后通过约稿、广告收入和出书等方式，得到了可观的收入。因为她还喜欢绘画与旅行，所以一些旅行社经常付费邀请她做旅行体验师，同时她也开了自己的小画室，周末招学生教授课程……

这样，她就慢慢成为一名斜杠青年：青年作家、插画师、旅行家、摄影师，生活自由，收入越来越多，过上了让身边人羡慕的生活。

外人以为她是全面开花，但我们再看她的成长足迹，是先用写作积累了名气和资金，然后再用得到的资源发展爱好，用平台传播出去，逐渐有了多重收入和多元生活。

可以用两个词来概括她的成功：先专而后广、锦上添花。

## 5

写到最后，对于想成为斜杠青年的小伙伴，有几点建议。

第一，树干是一定先要有的，而且必须超越绝大多数人，什么都会一点点，就等于什么都不会。

第二，最开始不要为了钱去做事，因为只有热爱，才能坚持，也只有不断打磨，才能把事情做好做精。给一件事情附带太多东西，之后它很可能会不堪重负。

第三，好事多磨。速成的东西就像气球，一扎就破。

（摘自"简书"，2018 年 5 月 25 日）

## 为什么越来越多的人都不上班了

运营喵芬妮

1

前几天和一个读者聊天，读者无意中说到身边好多做了几年运营的，最近都辞职了。

不是跳槽，而是直接创业或选择自由职业。

实体创业的有做服装、开餐饮的，互联网的有自媒体、做游戏的。有的甚至没有多少本钱和经验，还是无所顾忌地踏上了这条路。

仔细想想，我周围的人确实也有这个趋势。

前公司同事，设计特别强，上司苦口婆心劝，加薪升职都用上了，还是决心要走。因为单独接私活都足够养活自己了，实在不想再出卖宝贵的时间了。

还有个朋友是某大厂主编，当初千辛万苦，各种内推面试才进来，核心岗位待遇不菲。但 3 月份还是辞职了，理由是现在是写作者最好的时代，遍地都是机会，不忍心错过。

越来越多的人开始不满足这种朝九晚五、没有风险却也没有惊喜的工作方式，他们想寻找新的可能。

## 2

因为好奇，所以查了一下相关资料，结果发现，全球范围内，除了创业潮，自由职业也是一个大趋势。

美国劳工统计局就发现，从 1990 年到 2014 年，美国全职员工的比例下降了近一半，自由工作者的比例翻倍。

英法等欧洲国家也差不多。目前欧洲的自由职业者已接近 2000 万。而在英国，自由职业者大概占职业人口的 15%，其总数自 2008 年以来已经增长了 35%。

哪怕在印度这样的发展中国家，这一趋势都没有落后。在全球最知名的 Freelancer、Upwork 等自由职业平台，印度用户一直占据核心用户相当大的比例。

有研究预计，在 2050 年，全世界将有至少 50% 的自由职业者，朝九晚五的上班族将成为少数派。

看来，不只是你不爱上班，在南半球、和你完全不同、做着不同工作的那个他，也不想上班，你真的不是一个人。

## 3

在 2017 年一月份的瑞士达沃斯论坛上，主办方把这种趋势归属到"第四次工业革命"。不过，千万不要以为这种趋势是最近才出现的。

因为，在人类历史的大部分阶段，市场都是由独立的工作者推动的，封建时代的农民和各种手艺人可都是自由职业者。直到工业革命诞生，机器开始取代人力，为了提高效率，大家才开始聚在一起使用机器生产。全职雇佣制才逐渐成为主流的工作方式。

所以，可以说，全职工作也是特定时期的特定产物，随着科技的发展，必然被新的模式所取代。

一直被认为是最有先见之明的管理者的彼得·德鲁克，早在60多年前就提出：雇员社会正在倒退，外包、合作将逐渐兴起。当时可能是危言耸听，今天看来，或许这才是正确的打开方式。

而《未来的工作》一书更是大胆预测：随着共享经济的发展，未来20年，传统的雇佣模式将会被颠覆，我们将进入"超职场时代"。在这个时代，组织的边界将进一步模糊，个人力量得到强化。更主流的工作方式是人才更直接高效地对接各种平台，企业除了核心部门，其他的工作一律外包，90%的全职岗位将会消失。

仔细想想好像确实挺符合实情。近些年随着互联网的发展，各种平台崛起。越来越多有特长的普通人可以发声，从早年的博客，到现在的公众号、微博、抖音、快手，普通人也可以掌握一定的流量与话语权，从而获得属于自己的收益。这也是自由职业者、独立工作室在近几年发展迅速的原因。

罗纳德·科斯曾经对企业的价值进行过解释：在一个完全开放的劳动市场，人们可以互签合约，出卖自己的劳动力，同时购买他人的劳动。

现在看来，这个完全开放的市场也许真的不远了。

我父亲一生只做了一份工作，我的一生将做六份工作，而我的孩子将同时做六份工作——Zipcar 创始人罗宾·蔡斯说。

# 4

前段时间有一篇《现在的年轻人，为什么都不想上班了？》的文章小火了一下。

里面对于年轻人不爱上班、但是不讨厌工作的原因，说得一针见血："上班"是一种个人与公司之间的"商业交易行为"，公司付费购买你的劳动时间，你就必须按照公司的规章制度，在规定时间到规定地点去做规定的事情。

而"工作"则是一个人安身立命或实现自我价值的手段之一。简而言之：上班是为别人做事，而工作是为自己。

但是我想说，除了收益和价值方面的差异，更重要的一点是上班是按照别人的想法做事，工作是按照自己的节奏走。

也就是说，上班根本上还是缺少一种掌控的快感。

我们不是不想工作，只是不想每天按照别人设定的时间、方法、目标来工作。

不管你承不承认，在我们内心深处，几乎每个人都希望自己能主宰一切。

这种掌控感有多重要，哥伦比亚大学的研究员通过实验发现：对掌控力的需求是一种生理需求，如果一个人相信自己能够掌控局面，他就会更加努力，对自己提出更高的要求。

而他们的实验也证明确实如此，研究员设计了好多关于选择权的实验，因为拥有选择的机会，能让我们有掌控感。结果表明：不管是多么微不足道的小事，哪怕没有一点好处，人们都愿意行使选择的权利。因为这能使我们获得掌控力，让我们更有前进的动力。

所以你明白为什么"改变命运"的文章能一直不过时了吧，因为掌控人生实在是太有吸引力了。

但是，现实上，房价遥不可攀、工资跑不过 GDP，我们发现，太多的事我们无法决定。

所以，那就在其他小事上寻找掌控感吧。

所以，我们推崇个性，热衷于个人风格的生活方式，愿意在朋友圈刷存在感，喜欢给自己打上独一无二的标签……因为这能证明我们还拥有掌控力。不然，人生岂不是太"丧"了。

从这个角度来看，上班好像也确实越来越反人性，怪不得自由职业能成为趋势。

## 5

那么，我们应该怎么做呢？

第一，起码有一项专精。

借用雷军的那句话：专注、极致、快。

都知道现在几乎没有什么工作是稳定的，如果未来真的是一个 90% 全职工作都消失的"超职场时代"，那么，像人家说的"U 盘化生存"，可能就是必选项了。所以，更需要你有专长。

有个很有意思的现象，一直以来，文科都是在就业链的最末端，每年毕业季，总是不少人抱怨前景黯淡。

但实际上，不是文科生没有前景，而是文科本身，就比理科的门槛高。

学理科，你能做到 20%，足够找一份不错的工作。

学文科，如果真的想靠写字吃饭，起码要做到 200%，否则就要转行，要和总数比你多得多的理科生共同竞争同一个岗位，自然会淘汰大多数，于是，这些人只能到网上吐槽：文科没什么前途。

所以，培养一个能不靠组织吃饭的手艺，或者把工作的某个技能做到极致，这真的很保险。

第二，选择更有"前景"的公司。

这段时间，各种和"死工资"有关的文章开始火了。

《毕业 5 年还在领死工资》《你的死工资正在拖垮你》……

因为，越来越多的人发现了真正的事实：靠着线性增长的工资，别说财务自由了，连安居乐业都很困难。

个人认为，这也是现在上班越来越没有吸引力的原因，如果一开始就知道：不管怎么努力升职加薪都买不起房，那加班还有什么意义？

所以，虽然北上广的金融、互联网行业加班越来越多，但是抵抗情绪好像也比以前强烈了。起码，各种吐槽加班的文章、话题开始火了。对于加班，人们不再那么麻木了，这也是一个好事。

当然，好多公司也看到了这个趋势，开始用不同的方法激发员工的积极性了。

有个做咨询的朋友，前段时间聊天就说：现在，愿意给股权的公司越来越多了，全员持股的都不少，很多创始人主动提出给员工股权。前一阵接触了一家小公司，拿到 A 轮融资后，直接推行虚拟期权，公司的整个气质都不一样了……

都知道海底捞的员工管理制度被赞简直是范本级别，把人性化和归属感做到了极致。但是，你一定不知道，永辉超市的合伙人制度其实更胜一筹。

一线员工收入直接和品类或部门、科目、柜台收入挂钩，硬是把从古至今都是死工资的活，变成了多劳多得。当然，效果确实没话说。员工的精气神完全不一样。

所以，如果要跳槽，不妨把期权股票等其他收入考虑进去。毕竟，死工资真的靠不住。

从宏观的角度看，这种灵活的模式似乎没有现在的传统雇佣制稳定。但是，如果借用《反脆弱》一书的观点来看，这些风险和不确定性反倒增强了我们的反脆弱性，让我们更适应这个社会，这样看来也是一件好事。

最后问个小问题，大家对上班有什么看法？希不希望迎来一个自由工作的时代呢？

（摘自"简书"，2018 年 4 月 13 日）

# 孩子们为什么这么熊

邓 娟

有这么一类人，每当你试图对其进行批评时，非但找不到任何优越感，反倒深感沮丧和无奈——他们打不得，骂没用，讲道理根本听不懂，弱小更让他们先天占据道德制高点，手握免责金牌；而你引以为自豪的心智和武力在他们面前也只是暂时胜出——你的人生基本成定局，而他们是早上八九点钟的太阳，未来无可限量。

这类全方位挫败你的人，正是"熊孩子"。

熊孩子，在北方方言里原本泛指讨人嫌的顽童，但在近年层出不穷的网络段子中，被苦大仇深的网友们进一步界定为不守规矩、难以管教的孩子。他们破坏公共秩序，入侵你的私人领地，"他会删掉你的存档，摔坏你的模型，划烂你的屏幕，甚至还死乞白赖地要抢走你心爱的漫画、游戏、玩偶……他们的叫喊声回荡在每一家饭馆和每一节车厢里"。哪怕被关在家里，他们抽风的"小宇宙"也能伤及无辜——贵州的一个熊孩子，因为窗外施工的电钻声影响自己看《喜羊羊与灰太狼》，生气地用刀割断了 8 楼的安全绳，导致工人危险悬空。

100 个熊孩子可能有 1000 种熊法，社会新闻层出不穷：有的偷开公交车，撞歪工棚，吓坏了熟睡中的工人；有的拧开消防栓，水淹 5 个小区 15 部电梯……比起来，那个刮花价值 300 万元豪车的都算是没创意的。

熊孩子，听起来萌，现实中却叫人头疼。熊孩子现象的背后，是一个个教育失败的家庭和管理失序的学校。

这个社会对熊孩子的容忍度似乎已经触底。网友们对"熊孩子被教训"题材喜闻乐见，还有人整理成合集，其中最受欢迎的一个故事是这样的：

新浪博主"阮公子先呵为敬"在公交站等车，被一个横冲直撞的熊孩子推上马路，撞倒了骑电动车的大姐，两个大人因此挂彩，更险的是后边跟着三辆公交车。而熊孩子的妈妈毫无歉意，全程用饱含母爱的目光欣赏着自家的娃。愤怒的博主动手了，电动车大姐和摆摊的"煎饼侠"都加入了战斗，最后熊妈和熊孩子在路人的谴责中败退。

没有月黑风高的场景，没有一波三折的悬念，这篇故事元素平淡的文章，破天荒地获得了 800 多万次的阅读量、987 次打赏。

在熊孩子的话题上，舆论的"众神狂欢"，看似被触到了情绪的高点，实则被戳中了痛点。成人在网络上的发泄，暴露的是现实中他们的孱弱。

孩子们越发无法无天：妈妈不让吃冰淇淋，4 岁女孩报警称"妈妈死了"；爸爸不让涂指甲油，10 岁女孩报警称"爸爸虐待"；爷爷不给零花钱，12 岁男孩向奶奶告状称"爷爷出轨"。如果只坑自家人也就罢了，但有些孩子对他人造成的伤害，让你不得不怀疑《三字经》的前六个字。

如今大行其道的熊孩子，其父母绝大多数是 70 后和 80 后。这两代人的成长回忆中，多半充斥着父亲严厉的管教、母亲失望的眼泪；隐私被父母当成糗事和三姑六婆分享，自尊心被父母挂在口中的"别人家孩子"击溃；那些"我都是为了你""辛辛苦苦把你养这么大"之类的唠叨虽然可以理解，却也无异于以爱为名让孩子内疚、自责的亲情绑架。

也许正因为经历过这样不快乐、沉重甚至痛苦的家庭教育，当 70 后和 80 后为人父母时，恨不得把自己曾经缺失的，一股脑儿都给予孩子——尤其是在只有一个娃的情况下。

但这些父母同时是赶上社会转型期、经济压力最大的两代人，他们承受着疯涨的物价和房价，日复一日地忍受拥堵的交通，奔波于家庭与职场，无法给孩子充分的陪伴。最常见的家庭模式，要么是男人在外打拼，女人在家带娃，要么是夫妻双双把教养任务推给老人——前者的问题在于缺乏有勇气、有担当的父性教育，所以"爸爸去哪儿"成为近几年最热门的亲子话题；后者的弊端不言而喻，隔代教育最大的特点便是溺爱。

为什么熊孩子越来越多、越来越熊？每个熊孩子的背后，都有几个熊大人；孩子行为的"熊"，都能在大人身上找到根源。

没有人不犯错，但最可气的是，熊孩子犯错之后永远不用负责任。熊父母不但没教会孩子承担责任，而且推卸自己作为家长的责任。

你一定听过这些熊家长语录："等你有孩子就知道了。""孩子还小不懂事。""你一个大人跟小孩计较什么……"

不要小看调皮鬼们的学习能力，他们最擅长试探父母的底线，无限度的宽容其实是危险的种子。许多年轻父母为了建立新型亲子关系，一味追求"爱的教育"，生怕严格要求会损害孩子的天性。事实上，即便在尊重儿童天性的西方教育理念里，自控和责任也是最重要的学习内容。

疏于管教的熊孩子，在网络热文里，他们的命运除了被"痛打"，还有另一种走向：一个熊孩子拿水往亲戚家的钢琴琴键上倒，孩子爹妈以"小孩子不懂事"为其开脱，还说"好心帮忙洗琴"。亲戚不好发火，于是笑眯眯地夸熊孩子干得好。后来熊孩子"再接再厉"，在商场用可乐"洗"了一架 60 多万元的进口钢琴，被索赔 19.8 万元折旧费。

在厌恶熊孩子的读者那里，这个故事的结局比"痛打熊孩子"还要"大快人心"。有人"神评论"："对熊孩子最好的教训方式是赞美和鼓励，这样他一定挺不过 18 岁……"这样的结果，远远比孩子被打骂更残酷。负责的家长，会在外界的惩罚降临前，树立孩子的是非观念；不负责的熊家长，却只会索求别人的包容和退让。

但家的边界不可能无限延伸，熊孩子总有一天要走进社会。

在集体生活中，熊孩子通常找不到自己的位置。从小疏于规则教育的他们，面对标准化的学校纪律，不会乖乖顺从，往往是百般抗争。

传统的学校管理有时候简单粗暴，标准化的大生产模式通常会削掉所有棱角，从外表到心灵，把每个成品都磨得平整，否则就视其为另类。

在这样的校园生活中，那些成绩不好还调皮捣蛋的熊孩子，感受不到学习的乐趣和希望，无法得到平等的对待和尊重，往往就被放逐了。

每一个熊孩子的养成，既有个体原因，也受到环境的综合影响，他们是麻烦的制造者，也是浮躁社会的受害者。

通往成人世界的道路危机四伏，也许某个熊孩子会在未来成为爱迪生一样的发明家，也许大多数曾经调皮捣蛋的熊孩子终会安全成长，成为大千世界的普通人，但也会有一些熊孩子，错失被对症下药的治愈机会，在可恨可悲的路上一路狂奔，而他们原本是无辜的。

（摘自漓江出版社《相信力：新周刊 2015 年度佳作》一书，本文有删节）

# 面对生活的挑战

罗 屿

对林姗而言，这个春节有些不同于以往。

初一一早，她和父母、丈夫、孩子出门，驱车前往位于北京二环附近的一家养老照料中心——林姗 82 岁的奶奶在 2016 年初自己做主住到了这里。

一路上，林姗心里五味杂陈。她想到爷爷离世后，奶奶在一座没有电梯的 5 层老楼里独居了快 20 年。最近 5 年，奶奶最大的问题是如何在出门后回到顶层的家，为此她不得不减少出门的次数。但这让奶奶又陷入了另一重苦恼——被迫离开自己的社交圈，每天陪伴她的只剩电视机。

林姗之前去看奶奶，发现老人会随手记下很多电视上说的新名词。奶奶以此保持自己与这个社会、这个时代的联系。

### 有尊严地老去

为了让奶奶不孤独，儿女们想了很多办法。请保姆，奶奶说自己不需要照顾，只要有个聊天的伴儿；换房子，奶奶她说不愿离开老邻居，这也是奶奶始终不愿搬去与子女同住的理由之一。奶奶执拗的坚持，因为 2015 年在家里的一次意外摔伤而改变。奶奶虽无大碍，但儿女们还是决定不让奶奶再过"空巢"独居生活。奶奶妥协，她提出暂时在几个儿女家中轮住。确切地讲，奶奶轮流住的，并不是儿女的家，而是外孙、孙女家。因为奶奶的儿女在陆续成为爷爷奶奶外公外婆后，也都搬离了自己的家，到儿女那里照看孙辈。

奶奶"轮换"到林姗家时，有一天，林姗听到两岁的女儿桃子用稚嫩的声音对着奶奶喊："太，太。"而奶奶则回道："太太老了，要麻烦别人。"正在厨房准备晚餐的林姗清清楚楚听到奶奶的叹息，这时她才恍然明白，奶奶为何常抢着做些简单的家务——她希望保有一个老人该有的尊严。

或许，正是对尊严、价值以及朋友的渴望，让奶奶决定入住养老机构。

最终，儿女们为奶奶找到了二环附近一家采取公建民营经营方式的养老中心。林姗一家最终选择这里，最看中的就是这里出门便是 600 多平方米的社区卫生服务站，有常驻的急救车，离大医院也很近。此外，养老中心还与周边医疗机构签订了合作协议，为入住老人开辟绿色就诊通道。

入住 3 个月以来，林姗感觉奶奶最明显的变化是获得了重回群体的喜悦。她通过唱歌、打牌、书法等集体活动，慢慢建立起自己新的朋友圈。

大年初一赶来探望奶奶的林姗一家，见养老中心红红火火、人流不断，才算真的踏实下来。奶奶说养老中心饭菜不错，软硬、盐油都算合理，只是没有特色小炒或单独点餐。当然，并不是所有老人都和奶奶一样适应养老中心的饮食，她的室友张奶奶就持保留意见。张奶奶患有糖尿病，她总和奶奶念叨，应当有针对她这样"特殊人群"的专业配餐。奶奶笑室友挑剔，但林姗想了想，张奶奶的要求并不过分，毕竟存在个体差异，饮食有个性化需求也无可厚非。

林姗奶奶的选择并非个案，来自民政部的数据显示，"十二五"期间，全国养老床位数为 669 万张，达到了每千名老人 30.3 张。但是人口老龄化的速度更快，增长的床位远远满足不了人们的需求。2014 年我国老年人口已达2.12 亿，预计 2020 年将达到 2.6 亿，老龄化已经成为当今各界关注的社会问题之一。

## 房子，你买对了吗

南五环外的住所，是林姗和丈夫常亮在女儿出生前购买的改善性住房。之前他们住在市中心一套林姗公婆名下的小户型房中。和很多年轻人一样，出手购房时，林姗和丈夫考虑的，无外乎价格、地段、交通、户型、房屋质量、周边环境等等，但价格绝对是排第一位的。

然而低价往往意味着付出更多的交通成本。在过了乔迁新居短暂的兴奋期后，林姗开始为每天早晚从家到单位平均 4 个小时的车程叫苦不迭。

林姗的同事杨朋住在燕郊，每天在路上的时间和林姗不相上下。为了能挤上公交车，每天早上五点就要出门排队，有时排队的有几百人。杨朋有时感慨，自己成功挤上一辆公交车的时间，足够儿子上一堂 40 分钟的英语课。

疲惫不堪，是杨朋和林姗闲聊时提到最多的一个词。

2015 年初，杨朋和妻子商量后决定把燕郊的房子卖出去，在北京城里买一套住房，这样离公司近些，更重要的是，4 岁的儿子快上小学了，他更信任北京城里的教学质量。

林姗其实也有过把南城的"新房"卖掉，再在城里买房的想法。她的卖房理由几乎和杨朋一样：奔波和孩子。

林姗女儿的户口落在了城里，孩子3岁要上幼儿园时，因为没有南城户口，只能选择私立幼儿园，而林姗在考察后发现，小区周围一些设施相对较好的私立幼儿园学费在每月5000元左右。林姗如果带孩子回城里入园，可选择的公立幼儿园非常多，且市内一级公立幼儿园价格也不过每月1000元左右。

对林姗这样的普通人而言，2016年该不该出手买房？

2015年12月18日至21日，中央经济工作会议在北京举行。会上提出要鼓励房地产开发企业顺应市场规律调整营销策略，适当降低商品房价格，消化房地产库存，以及取消过时的限制性措施。2016年初，住建部更要求各地进一步降低公积金贷款门槛，增加贷款额度，简化手续。

虽有一系列政策出台，但是否买房，林姗依旧无解。她希望可以如一些专家所判断的，为完成去库存任务，国家在信贷政策、税收政策、财政补贴等方面都会有一定动作。这样的话，2016年或许是她出手的好时机。

"即便今年不买，铮铮上学前，我们也会在城里买房。"张亮语气里带着不容置疑的肯定。铮铮，也就是张亮的儿子，和林姗女儿一般大。张亮想让儿子在西城、海淀这样的学区接受教育。在他看来，他和林姗的购房需求并不相同。"林姗有'退路'，毕竟桃子的户口在市中心，而如果铮铮想到城里接受教育，就得靠学区房。"

面对雄心勃勃的张亮，林姗常提醒他谨慎。

林姗的提醒并非没有道理。2016年初，西城区发布一则幼升小入学声明，明确"如同一房屋地址6年内有多个适龄儿童申请入学，则房屋产权人必须是适龄儿童的法定监护人"，否则只能按照全区的招生情况做统一协调安排。也就是说，如果买了西城的二手房，但这个房子6年内已经被用于升学，那么房子就不能再作为升学的划片依据。

张亮感谢林姗的好心，但他知道，自己不能谨慎太久，因为他在报上读到的是这样的消息：为防止学区房大幅涨价，避免房虫"倒房"渔利，北京多个热点学区均对学生的落户年限做出要求，限定年限从 3 年至 5 年不等。铮铮现在近 3 岁，为了扣紧 3 年至 5 年这个期限，2016 年张亮也许就要出手购房。

住房，在 2015 年"中国经济生活大调查"中，仍然是人们面临的巨大挑战之一。

## 二胎，生，还是不生

林姗的汽车在"休养"一个月后，被她开出地库重见阳光。但那一天，林姗心里不仅没有阳光，反而和当天的天气一样，满是雾霾。久不动车，这一动，却是开去定损——前一天，她停在车位的车被邻居撞了一下。

车子开到路上，林姗打开雨刷，刮掉一个月来积在挡风玻璃上的浮土。到达 4S 店，她看到雨刷喷出的水，在车前盖留下两道水痕，有点像眼泪，又有点像"囧"字。

林姗忍不住拍了张"囧照"传给丈夫。

林姗的丈夫常亮其实常常觉得自己更囧。为了让家人过上更好的生活，他每天披星戴月，早出晚归，甚至搞不清女儿什么时候学会叫爸爸的。他偶尔自问，难道这就是他想要的理想生活？常亮偶尔会羡慕表弟的果断。2015年末，和无数被创业大潮裹挟的青年一样，小他两岁的表弟辞职创业。常亮也想像表弟一样放手一试，但有时站在中关村那条短短 200 米的创业大街上，他有些怀疑，虽然那里人气依旧，但在这个资本与创业几乎成为连体婴儿的时代，资本的口袋似乎正在收紧。

2016 年，是否求变？对已过而立之年的常亮而言，不像投枚硬币那般简单。

一次同学聚会上，林姗和好朋友于莹说起她和常亮关于求变、创业的种种困惑，于莹笑说，林姗他俩已经处在马斯洛需求层次的顶端，而她还在底端徘徊。于莹生了儿子后，因为老人没法帮忙照看，她辞职做全职妈妈，丈夫每月的工资是这个小家的全部收入，她有时会觉得手头有些紧。

但让于莹最揪心的，是自己长年独居的爸爸。有一次和爸爸通电话，发现爸爸竟然记不清前一天究竟是花 15 元还是 150 元买了一盏应急灯。于莹心头一紧，联想到爸爸之前有过轻微脑梗，挂了电话，她把不到 2 岁的儿子放上汽车儿童座椅，一路火速开到爸爸家。虽然最终虚惊一场，但于莹对林姗说，自己悬着的心一直没有放下，随着父亲年纪越来越大，那颗心也越悬越高。

于莹的故事让林姗真真切切地意识到父母一代的衰老，而衰老伴随着丧失。她不大敢想，同为独生子女的她和常亮，今后将如何更好地照料 4 个老人。

林姗妈因此劝林姗，趁父母还有余力，再生个宝宝。

生，还是不生？不生，林姗有一箩筐理由。首先是经济压力。她一位同样摇摆的同事，将小学四年级女儿 10 年的养育费进行统计后发现，10 年来女儿共花费了 35.5 万元左右，其中用于孩子课外素质培训的费用占到了 30% 左右，达到了 42720 元。35.5 万元，这个数字立马浇灭了自己心里的小火苗。

但金钱投入并不是众多妈妈左右摇摆的唯一原因。"从孩子呱呱坠地那一天起，注定了我要全心全意花至少 3 年甚至更多时间在他身上，但我有自己想要的生活、工作、事业。"一位同为 80 后的妈妈，将自己不生二胎的理由贴在网上。林姗看了，心有同感。

然而妈妈只劝林姗一句："让桃子在这个世界上再有一个亲人，不好吗？"

作为独生子女的林姗，并不真正理解拥有兄弟姐妹是何种感受。有时在微信家庭群，她会看到从不和她抱怨的妈妈，会和舅舅、姨妈说起疼痛难忍的膝关节。那时，妈妈不像她眼里那般利落能干的妈妈，更像一个撒娇的妹妹。

2016 年春节，林姗的朋友们在微信朋友圈写下关于来年的寄语。她则找出纸笔，写下这一年的愿望：希望女儿吃的用的更加安全，希望雾霾少一点，希望上班花在路上的时间更短一点，希望陪女儿的时间更多一点，希望有更多时间读书、旅行……林姗当然也希望自己和常亮无论打工还是创业，事业有所提升，收入更高一些。但林姗也逐渐体会到，就如哈佛大学一项长达 75 年的研究报告所显示的，何为美好生活？最重要的因素并非富有、成功，而是身心健康及温暖、和谐、亲密的人际关系。

这是林姗的故事，但又不全是。她的故事里闪过张亮、杨朋，还有更多人的影子。他们的苦乐悲喜交织在一起，构成生活本身。

（摘自《读者》2016 年第 10 期）

# 一个小城姑娘的上海十年

樊小新

走出办公室，已经是晚上十点，白天人声鼎沸的南京西路早已行人稀疏。深夜的热闹属于几百米外的张园和铜仁路酒吧，属于三公里外的新天地和衡山路。

上海的白天和黑夜完全是两副模样，特别适合外热内冷的人。

从七点出门挤地铁，到不停歇地工作至晚上十点，人们通过忙碌释放着对这个城市的巨大热情。但内心深处，其实大多数人与这个城市仍有着不可言喻的鸿沟。

这条鸿沟是一种安全距离，让我们不用时时刻刻与这座城市产生紧密的联系，不被它的外在繁华完全侵蚀。

在入夜后的上海，我喜欢寻一处 cocktail bar，见三两好友，有时是密友，有时是故人。

此时，这个城市与我们并没有太大的关系，这个夜晚最重要的是眼前这个人。

上海的大街小巷藏着无数个这样的 bar，里面的客人大都说普通话或英文，他们都是在上海的异乡人。

2013 年是我在上海的第十个年头。

倏然想起十年前的那个九月，正值秋夏交替之际，湿热的空气中偶尔钻出一阵清凉的风。我含着眼泪依依不舍地向出租车里的爸爸妈妈挥手作别，我以为那只是生命中普通的一天，现在回想起来，从那天起，我的人生被割裂为两半，渺小的我开始了融入繁华上海的漫长征程。

这个城市里的很多人都和我一样，因为念大学来到上海，然后留下来扎根成家。有人说上海有千般好，有人说上海有百般不好，但我们都必须承认，它是一个留得住人的地方。我曾离开过，最终又回来了，我猜，我会一直留下来。

今天聊聊我这个异乡人在上海十年的体验和变化吧。

## 1. 战战兢兢的 20 岁 vs "无知无畏" 的 30 岁

第一次到上海是 2003 年。

彼时，上海对我而言还属于电视里的耀眼城市。我全程紧跟旅行团，生怕自己迷了路。

那次旅程中，我第一次知道了感应式水龙头。记得当时站在洗手台前，花了好长时间都没搞明白水龙头的开关在哪里，直到有个好心人给我做了示范，才知道原来还有这样的水龙头，当时内心的尴尬现在仿佛都还记得几分。

整个行程一遇到洗手台，我都会感到紧张，要先远远观察一下才敢靠近使用。

当我们年轻时，通常非常怕在别人面前露怯，总是充满戒备地把自己的

"无知"隐藏起来。

行程进行到第五天时，我非常想念辣椒（四川胃你们懂的），那年的上海还不像如今重庆火锅遍地。

我决定去 KFC 买辣鸡翅并且多要上几袋辣椒粉，但和服务员沟通了很久她都不知道辣椒粉是什么，我非常不好意思地拿了几袋酸辣酱赶紧离开了。出了门，我满脸通红，内心觉得丢脸极了。后来才知道辣椒粉是 KFC 只在四川提供的东西，我为自己的无知羞愧了好久。

现在看起来都是小得不能再小的事情，但当时对一个 15 岁的小城姑娘的触动，不亚于在她心里丢下了一颗炸弹。

当我们第一次发现，在自己生活之外的世界里的一些稀松平常的事情，却是自己从不知道的时，伴着惊喜和好奇的，一定还有强烈的害怕和尴尬。

生涩的我们与大城市的第一次交集，往往都充满着这些微不足道却让人手足无措的瞬间，但这些都不足以浇灭我们想要投入它怀抱的热情。

即便旅程中充满了意外，当我站在外滩，看着对面灯火通明的陆家嘴时，还是打电话告诉妈妈：上海太漂亮了，我以后一定要来这里生活。

高考后，我如愿到了上海，开始了战战兢兢摸索与这个洋气城市相处之道的旅程。

还是会有很多糗糗的时刻。到上海念书后的第三个月，有阿姨请我吃饭，她关心地问我：来了这么久去哪里玩了呀，有没有去过新天地和衡山路呀？我天真地回答：还没去过，但同学带我去过七浦路和西宫了。

阿姨和蔼地看着我笑了笑。

后来，我知道了七浦路和新天地的差别，内心默默地又尴尬了好一阵。

日子一天天过去，更多糗事发生的同时，我也尽全力去适应新的生活、新的城市，而这个城市的人们也以超乎我预料的热情和包容帮助我融入。

上海在全国很多人心中有两个最大的标签：繁华、排外。

拿到通知书后，我带着兴奋又忐忑的心情加入了同学 QQ 群，入群后，第一个加我的就是一位漂亮的上海女生，她热情地给我介绍了我们大学在上海所处的地位和位置，跟我分享了上海生活的特色（食物偏甜这件事让我很忧愁）。

后来，这个女生成为我大学的闺密，现在她和我共同写着公众号的"Letters Live"系列。

我们见证了彼此过去十年的成长，地域从未成为我们的代沟。

毕业后，我加入了普华永道，被安排到携程审计小组。有很长一段时间，那个小组十几名员工中就只有我一个外地人。每个季度我们都会聚在一起熬过每天平均工作 14 个小时的两周，他们聚在一起爱用上海话交流，我也乐于把这当作我练习上海话听力的绝佳机会，那段时间应该是我上海话听力水平最高的时候。

他们都爱叫我"小妞"，不管是工作上的指导，还是生活中的关心，都让我迅速找到了归属感。

至今，我们十几个人已经散落在上海、德国、美国、澳大利亚，大家不时会在群里面更新一下近况，地域从未成为我们的阻碍。

"上海人排外"的话题总是年复一年地被提起，但我真的很难从记忆中找出一件被"排外"的事情。

上海从未排挤我，可能仅仅是因为，我拥抱了所有它让我感觉自己无知的尴尬时刻。

在上海，我花了五年时间彻底完成了从"这个都不知道，我好土啊"，到"这个以前不知道，挺有意思，让我好好研究研究"的心理变化，这个转变让我初步具备了在大城市生存的技能。

在大城市生活，对未知事物的好奇心和包容态度，可以决定我们的生活状态和成长速度。反之亦然。正是因为生活在大城市，新鲜事物层出不穷，逼迫着每个人都要不停地拓宽自己的认知边界，最终，对自己的"无知"习以为常。

时至今日，我 80%的时间都花在跟让我感觉自己"无知"的人和事打交道上，那是最有效的学习和成长方式。

我们应该告诉自己，很多的"无知"，其实只是"未知"。

在消除"无知"，主动寻求新的"无知"，再消除新的"无知"的循环过程中，我们可以建立起对自己更准确的认识，培养更强大的生存技能和社交技能，让我们有足够的能力和心态积极地去拥抱多样性和可能性。

如果我们能克服对"无知"的恐惧，就能拥有更"无畏"的生活状态。

要坚信和所有"无知"的过招，最终都会让我们对这个世界多一个理解的视角，会成为我们与这个世界相处的一项新技能。

上海通过让我们直视自己的"无知"，而最终把我们磨炼得"无畏"。

## 2. 花一个月工资买 LV vs 背着 Chanel 挤地铁

一千个人眼中有一千个不同的上海，但其中肯定有一个共同的形容词：贵。

贵的结果就是大家毫不回避对金钱和物欲的谈论，而如何处理同金钱和物欲的关系，是在大城市生活需要思考的永恒命题。

曾经的我就是传说中那种不自量力的"物质女孩"。刚毕业第一个月，就花了整月工资买 LV 的入门款 speedy 30，过了三个月，又花了一个月工资买了另外一个入门款 neverfull。

我是被上海的物质腐蚀了吗？ 至少我不这么看待自己。

一个 18 岁前接触过最好的品牌是美特斯邦威的人，第一次知道一个品牌，它最便宜的包包都要四五千时会产生好奇感，会想要拥有，是再正常不过的一个反应了。

后来，我对奢侈品的兴趣一发不可收拾，进入商学院后，就做了奢侈品俱乐部的主席，学习奢侈品的市场案例，积极认识奢侈品行业人士和专家，毕业后开始从事时尚和与奢侈品相关的工作。

欲望本身不可怕，可怕的是我们盲目地服从于它或者唾弃它。

我们应该试着去分析一个欲望背后更本质的东西，如果这个根本原因是不好的再弃之也不晚，如果是好的，那我们就应该加以利用。

欲望是进步强有力的动力。

当我用一个月的工资买一个包包时，我曾试着去判断，是否虚荣心是其根本原因。我的结论是，我最根本的动机是对有品质的东西感兴趣，而当我没有足够的能力判断什么是有品质之前，价钱是一个相对靠谱的标准。我想通过奢侈品学习什么东西是好的，为什么是好的。

出乎意料的是，以此为起点，我衍生出了对这个行业的兴趣，直接影响了我后面的很多职业选择。

奢侈品成为我现在工作的主要内容，而我也过着背着 Chanel 挤地铁的日子（又是一种被吐槽的行为），可是上海的早高峰，不坐地铁我真的每天都会迟到啊！

欲望产生于内心，本就是我们自身的一部分。而上海这样的城市简直就是欲望催化器，我们不可能对其视而不见，我们能做的就是学习和思考如何面对欲望，如何控制它、利用它。

曾经的我对职场生活能有的最华丽的想象就是：出入最高级写字楼，穿戴都是奢侈品，做一名干练利落的专业人士。

经历了这样的职场生活后，我却觉得它很无聊空洞。欲望推动我们走出第一步，而进一步对欲望的思考和反省才能帮助我们演化和升级自己。

现在的我可以顶着大素颜和技术团队的人员一起工作到深夜两点，也可以化好妆穿着高跟鞋同品牌管理人员开会聊项目；可以慢慢地和供应商针对合作条款锱铢必较，也可以火速配合海外团队解决各种紧急问题。

我觉得这样的职场生活，比以前能想象的华丽多了，不再只是被看起来洋气的形式迷惑，而是真正关心工作的价值和意义。

在感情中，我也直面自己的欲望，毕业后交的历任男友都会送能力范围内最好品牌的包包给我当礼物，但他们从未（当面）控诉过我是一个"物质女孩"，男友甚至会在做设计时，参考 Gucci 标志性的全球旗舰店外立面设计概念。（包包没白送！）

当男朋友在外滩的高级餐厅将玫瑰铺满餐桌，为我庆祝生日时，我会想起高中时喜欢过的那个优秀但贫穷的学长，想起如果当时我们没有分开，是不是最终也会经不起物质考验无疾而终呢？

上海的确改变了我，它让我直面自己的欲望，让我知道自己是个平凡的女生，我可以陪着你吃大排档，因为我知道你也拥有带我去吃米其林三星的能力。所以我选择最适合自己的爱情，也一样简单真诚，满足快乐。

上海最吸引人也最有挑战性的地方在于，它把形形色色的人、琳琅满目的物都毫无保留地推到我们面前，让我们不得不叩问自己想要什么，促使着每个人去追逐最适合自己的生活。

### 3. 不后悔把最好的青春献给上海

上海就像一个充满魅力又神秘莫测的恋人，你琢磨不透它，但又被它深深吸引。面对这样的恋人，我的选择是，敞开自己的内心，不计较得失地去享受和它在一起的日子。

我不后悔把最好的青春献给上海，我从它身上汲取养分，让自己真正在这个世界生根发芽，让我的热血有地方可以贡献，也让我与自己的平凡安然相处，因为从 2003 年那个不知道感应式水龙头的女孩到今天，我早已感到心满意足。

待我年老时，回忆起在上海的生活，一定会想：没有白活过。出国时，常被人问道：Which city you are from? 我停顿一下，通常会说：Shanghai.

十年后，上海于我，已是故乡。

（摘自"简书"，2017 年 10 月 7 日）

北京那些年的闪光片刻

南　少

整个夏天，我除了把自己关在家学习，就是用尽各种方式回忆在北京四年的时光。或许当时不曾意识到，生命中的许多闪光片刻已经在悄然发生，而过后便只能用一生去回忆。

今天不想煽情，就想轻轻松松回顾一下那些年细碎的美好与"当时只道是寻常"。

## 1. 夜晚，流动的盛宴

大学的夜晚，我很爱散步去学校家属区，取快递顺路到菜市场买点水果。小灯拉起一个五颜六色的水果王国，小摊上散发着柔柔的清香和光，男人女人走过，有的卿卿我我，有的拍打着腿上的蚊蝇，老板厚脸皮地请你买下有裂缝的香蕉，就感觉自己扎扎实实是在人间。

回宿舍的路上，橘黄的灯光倾泻下来，一地的暖色。夜路变成巨大的羊羹，颤悠悠，甜滋滋。毛茸茸的小猫小狗迈着小短腿轻快地跑进树林，唱着歌的外国男孩骑着单车飞驰而过，篮球场后的林荫道里，抱着吉他的同学在轻声弹唱。啤酒花园拉起灯串，夜的旋律在树叶的缝隙里摇曳。

这一切回忆起来都笼罩着温柔的光华，宛如漫长而流动的盛宴。而那些夜晚，习惯了的人是我。

## 2. 自习室的白昼

北京晴朗的白昼很像是海子的诗："太阳强烈，水波温柔，一层层白云覆盖着"，一晴如洗，气象万千，一帧有一帧的美好。

因为懒怠离开宿舍，我的很多白日是在自习室度过的。学习的间歇去窗台走走，抬眼便是风景。

窗外的天在春夏时节特别美，闪光的树叶在湛蓝的背景里招摇，阳光洒进来，摇碎一屋子的黄金，色彩浓烈得像霍克尼的画。秋冬时节，饱和度降成莫兰迪，日光溶溶，有一种清爽的快意。

冬天的早晨，自习室里萦绕着僵白的寒气，偶尔有人端进一杯热咖啡，便多了一缕迷蒙的水雾。有一回，我常坐的桌子上多了一张便利贴，上面写着："同学你好，昨天听见你咳嗽了，记得多喝热水，注意保暖喔"，后面还画了一个笑脸。我不知道这个温柔的女孩是谁，但很想感谢她，于是在她的字后写道：谢谢你！You made my day！

## 3. 月光鸟巢

2015 年北京田径世锦赛，我做了一名小小的志愿者，在鸟巢边上给来宾注册并制作证件。那时我们常常要工作一整天。晚上，大家坐在地上整理给保安哥哥们的证件，几万张证件按照字母和序号摊开排在注册大厅的地上，我们像秋收的农人一样快乐地在这些证件之间飞来飞去。工作结束时已是静悄悄的深夜，我们一路小跑去赶夜班车，整条街只听得到我们的脚步声和心跳声。

多年后我也无法忘记那时的夜冰凉如水，蓝丝绒一样的天空垂下，亲吻着地面，鸟巢在月光下难得地腼腆起来，散发出一种欲说还休的气氛。

此后也有过一个相似的夜晚，八月的鸟巢，我们看完五月天演唱会出来，月光和灯光交织出一个璀璨的鸟巢，宛如一个缀满星星的王冠，戴在这座城市可爱的夜里。

希望有一天能进前排看五月天吧。

## 4. 股票课上的晚霞

有什么课是比金融分析更惊心动魄的？今天投进股市的钱，明天开市就跌到六亲不认，投资打水漂是常态，一夕暴富的事情却鲜有发生。

有一个春天的傍晚，金融分析课的窗外铺开玫瑰色的晚霞，浮泛出一整间教室波光粼粼的粉和紫。同学们不约而同地发出了低声的惊叹。这时老师说，我们停两分钟欣赏晚霞吧。

我们赞叹着观赏了这场绮丽的黄昏，耳边传来老师的声音："股市之外也别忘了留心大自然的美丽啊。"是的，无价的礼物最珍贵。这样朴实又温暖的想法，在那一个傍晚得到了印证。

## 5. 电影《二十二》放映后的晚上

2017年在北京看了这部不寻常的电影，它不呼唤眼泪也不诱导愤怒，只在稀松平常的日子里给你看一些人性的闪光。电影里那些老人，很少哽咽掉泪，展现出来的愤怒也是小片的；更多的镜头，给了她们隐居般平淡的生活，烧柴、喂猫、晒太阳、吃野果。

曾经受害的老人指着日本兵的照片笑道："日本人也老啦！胡子都白啦！"那一刻我感受到的是人心里至真至纯的美好，那种难以言喻的动容，使我长久地不知如何落笔。我甚至不知如何同朋友讨论这部影片，回家的路上，我们谈论着旁的闲事，夜路生花就是如此吧。

这部电影和北京没什么关系，但那一晚，北京是不一样了。

记忆的碎片回顾到这里，并没有伤感之意，不过是朝花夕拾、温故知新。顺便，给你看一下我眼里的大学生活。

（摘自"豆瓣网"，2018 年 8 月 19 日）

# 爸妈加我微信了

秦雨晨

　　自己的爸妈能跟上潮流使用最先进的沟通交流方式，本是件很潮的事儿。但问题也随之来了——很多经常使用微信，并且通信录上有自己爸妈的年轻小伙伴都有这样的烦恼：如何在微信上与父母和谐共处？

　　微信朋友圈是一个熟人社群，除了你的闺密、铁磁儿，还有爸妈和七大姑八大姨，他们喜欢传播、分享的东西一定是养生篇或者鸡汤文：《14个值得推荐的个人提升方法》《一位母亲在女儿婚宴上的讲话分享》……年轻人的生活状态则完全不同，我们喜欢吐槽生活中发生的任何一件小事，喜欢在网络社群抒发私密的情感，喜欢上传各种食物照，喜欢通过在个人主页发布能代表自己的各种有趣内容来构建自己的形象。吐槽往往只是吐槽而已，它只是一个瞬息即逝的小情绪，而这些小情绪、小火花如果被爸妈发现就完全变了性质，他们对于年轻人的日常吐槽经常反应过激，以为你一定、肯定、毋庸置疑发生了什么大悲大喜，所以必须得弄个明白并且指引你走上正确积极的人生道路……

　　这样的烦恼我也遇到过，不同的是在使用新兴媒体上，我的爸妈总是走在我的前面，尤其是我爸。自从互联网在中国时兴起来，我爸就从来没有落下过，他总能第一时间去搞明白那些最流行的社交媒体怎么玩。所以我爸是我们家三口人里最早成为"微博控"的人：每天睡觉前一定得刷一会儿微博，否则睡不香。

　　不久之后我终于也开始使用微博，我爸毫不犹豫地与我互粉了，从此之后他每天刷完微博后，还要点开我的主页观察一下我的动态。微博密友功能开通之后，我爸比我更早地发现了这一新功能，立刻"邀请我为密友"，但那会儿我还没有搞明白那是个什么东西呢。

　　于是这样的对话开始经常出现：

　　"你老 @ 的那个王小✕是谁？男的女的？""微博上那个赵小✕是你的好朋友吗？太没水准了，老说脏话。""你考试走错教室了也好意思发微博！简直不害臊！""你发的那是什么画儿啊，裸体的，难看死了，删了删了！"
　　……

　　这简直是历史噩梦在重演！自从我开始使用网络，我爸就一直在秘密开展间谍工作。我上初中的时候，我爸曾默默找到了我的 QQ 空间，把里面的青春期多愁善感小酸文从头到尾仔仔细细地看了一遍，还在吃晚饭的时候念了一段我文章里的抒情句子。我当时愤怒无比，我爸则喜滋滋地觉得自己这一"侮辱"人的举动非常顽皮有趣。我妈也时常遭遇这样的事情，可是对此我们俩都无能为力。跟我爸讲"个人隐私"这个东西，真的是毫无意义。

　　从记事起我就知道，跟我爸讲道理是一种吃力不讨好的事儿，他就是真理的化身，掌管全天下所有的道理，你不同意他就是不同意真理，所以我不可能跟他说：你不要去看我的空间，我有个人隐私。于是我毅然罢笔，从此关闭了 QQ 空间。高中时校内网正时兴，我爸给自己申请了一个名为"游翼诗"（有意思）的账号，跑来加我，未果，在家叨叨了一个星期："你为什么不加游翼诗？多有意思啊！"

再到后来，我爸又发现了我的豆瓣地址，经常上去翻看我的相册了解近况，还批评我写的影评里有错别字，当然有时候也夸我写的书评不错。我并不是不愿意和父母分享写的东西，只是我也需要一点个人空间来放置一些不愿意被看到和评论的幼稚无理的感情。

从微博密友功能开通之后，我从来没有发过一条密友微博，我的微博上也鲜有表达个人情感的内容，所以如果你打开我的微博，会觉得这是一个早睡早起、生活零烦恼、喜爱艺术、充满正能量的文艺女大学生。

现在是微信的时代。"微信的出现使得人们的通信方式发生了巨变"这种话就不需要说了，总之我爸也在第一时间用上了微信。起初我们用便捷而功能丰富的微信交流得很愉快，直到有一天我画了个蓝头发的裸体小女孩，并换作自己的微信头像，我爸十分严肃而简短地发来命令："头像丑，换。"

那一刻我想要大声疾呼：我又不是把我自己的裸照当头像，至于吗？但我还是乖乖地妥协了：我把图片的身体部分截了，只剩一个长着忧伤的脸和纤细的脖颈、看起来十分无奈的蓝头发小人。

后来随着微信朋友圈的流行，我们全家人都转移了阵地。我和所有互联网时代的孩子一样，喜欢分享点儿契合个人风格的照片，再配点文字表达心情刷存在感。我爸也是朋友圈的活跃分子，他总是攒着一堆无厘头搞笑图片，然后配上一句很逗的解说发出去，他觉得自己发的东西幽默到了极致，简直妙极。

由于微信里有我爸妈还有七大姑八大姨，我发东西的时候总是有诸多顾虑，但是仍然会有失算的时候。一次我发了一条状态："我家猫发情了！"小伙伴们都来点"赞"，结果回家我就被我妈数落了一顿，她说："哪有女孩这么说话的！不检点，不像话。"爸妈开始对我各种看不惯：分享的画儿太前卫，发的状态里居然有脏字……最重要的是——你还对这一切都不以为然！

可是事实上，我确实对此毫无意识，也无悔意……我在面对我爸妈的数落的时候总是出现如下心理状态：我到底做错了什么啊？

我何尝不明白爸妈是因为爱和关心，因为在乎而总是用自己认为最好的最对的标准来衡量孩子的一切举动。可是代际差异是在人类历史上存在已久且不能被解决的一个问题，由于成长在不同的时代背景下，年轻人和父辈之间的价值观必定存在差异，在很多问题上都不能互相理解、达成共识，但是仍然应该互相尊重。

我尊重爸妈的意见和看法，但仍然坚持自己认为对的东西。我希望在现实生活之外，能有一片私密的网络空间可以自由地抒发真实的情绪，傻点也无妨，不过是一种释放和宣泄罢了，何必事事严肃认真。于是我带着一丝歉疚，默默地把爸妈加入了朋友圈黑名单……我爸妈必定有些受伤，不过不久之后我妈有样学样，把我爸拉入了她的黑名单……

当然我们的互动并未因此停止，我爸时常在微博上"淑女穿衣指南"下面@我，因为他对我稀奇古怪的穿衣风格忍无可忍。我虽然屏蔽了爸妈，我妈也屏蔽了我爸，我爸却依然大大方方地在朋友圈发着搞笑图片，好像在和我们说：你们看，真正高水平的人永远这么磊落，不必躲躲藏藏！

后来，我建了个"大好人"群，把爸妈都拖进来了，我们时常在群里分享自己认为有趣的内容：我妈发的一定是养生知识或者鸡汤文，我爸发的是搞笑表情或者什么段子，我发的多是知乎日报或果壳网上的新鲜事儿，有时候还发一张猫咪在阳台上打滚儿的照片。依照个人口味选取并共享最适合给最亲密的家人看的内容，展现让对方觉得看起来最舒服的一面，把另一面留在他们看不到的地方，这成了我们一家人在虚拟网络媒介上和谐共处的重要方式。

（摘自《大学生》2013 年 11 月下）

# 我们是北漂爱人

王发财

我和女友相识于湖南长沙。当时我形容落魄，举债度日。女友是媒体记者，有湘妹子的多情和豪气，被我不服输的乐观和激情打动。于是，我们成了现实版的"王贵与安娜"，2006 年相约来到北京，闯荡江湖。

那时我们很穷，在北京六环外找了个几平方米的平房住下后，身上只剩下两百块钱。女友问我要不要向家里求助，我很坚定地说："我们要自己打拼养活自己！"

两人找工作半个月都无果，女友有些消极。晚上，我带她到草地上散步。在广袤农村长大的我练就了一副好嗓子，我手舞足蹈地唱了几首欢快的民歌。她也开心地和我对唱。唱累了，我们买了两棒老玉米，躺在草地上看星星。我乐呵呵地说："你放心，我们明年就能杀入三环！"女友目不转睛地看着我："我相信！"

说完豪言还得吃饭。女友找了个活儿：发传单，一小时二十元，发完就给钱。刚开始我还有点不好意思。有一次我们接到一个活,她在天桥那边发,我在天桥这边发,两人不说话,只是偶尔相视一笑。在卑微忙碌的日子里,她的笑很甜蜜。

这时幸运从天而降,女友在一家中央级媒体应聘成功。我干起老本行——自由撰稿人。作为宅男的我负责所有家务,每分钱都掰碎了花。我每次都等到菜市场快要关门时去买一块钱一堆挑剩的菜,然后从网上下载菜谱,精心来做。我那时做的南方菜不地道,但女友赞不绝口。

女友相貌清纯,大学所学专业是汉语言文学,才华气质兼备,邻居都很羡慕我,问我怎么把女友追到手的。我故作高深,哈哈一笑。女友独自养家,却毫不抱怨。她以前总去商场买衣服,跟了我以后都穿地摊货。当时我很老土,总挑大红大紫的衣服给她,她也不嫌弃,乐呵呵地穿上。

北京的冬天很冷,租的平房也没有暖气,女友常冻得瑟瑟发抖。我们只有一床小被子,我晚上穿着羽绒服睡,用被子裹着她。有时一个月才能吃一顿好的,我总说最近不爱吃荤,看着她吃得很香,心里偷着乐。

一年后,她加了薪,我的稿费也逐步稳定,我们还清了债务,告别低矮的平房,住进了两居室的楼房。女友头脑一热辞职了,要和我一起干,同事都觉得她脑子短路了。

我支持女友。于是,我们俩每天在北京的大街小巷穿梭,我采访,她整理,给全国各地的杂志写稿、供稿。我们采访过闫妮、沙溢、吕丽萍等影视名人,也采访过有趣的普通人。

我从小失去母亲,有一次采访一位单亲妈妈,又萌生了做公益的想法。于是,我暂时放弃采访,每天忙着筹划活动、找赞助,希望成立一个单亲妈妈组织。难得的是,女友不反对,还尾随而来。

那时,我经常穿一身粉色工作服,到社区、商场、写字楼等地发名片,递宣传册,屡次遭遇白眼。幸好,身边还有女友,她常笑着给我鼓励。

做公益的日子有些惨淡,不到一年我们就难以为继。我们痛定思痛,决定还是先挣钱，有钱了就自由了。我借了一笔钱注册了一家活动策划公司，同时，我们还忙着采访，生活紧张而充实。

2010年元旦，我们准备结婚。虽然没有房子车子，但我们有爱，有一起吃苦的经历，有追梦的勇气……我信誓旦旦地说："我们的婚礼，自己策划自己操办，保证最隆重还最省钱！"

我放下工作，带着积蓄提前回到了老家。小到一个喜字，大到婚车、酒店、主持人……每个环节我都做得很仔细。后来我又在北京、女友的湖南老家，分别策划了两场别样的婚礼。看着老婆幸福的样子，我觉得再累也值得。

我在博客上挂出了自己的"平民婚礼视频"，很受网友欢迎。安徽卫视的编导打来电话，邀请我们参加一档《幸福夫妻档》节目。我们本色出演，结果获得当期大奖——日本六日双人游。编导说："你们说话真逗，配合真默契！"

这句话让我突发奇想，对老婆说："咱们搞夫妻相声吧！"她一笑："跟着你啊，感觉就像坐过山车，太刺激了。好，我全力配合！"

于是，我们成立了"小两口幸福组合"话题相声俱乐部。2011年5月23日下午，我们的首场演出在北京南锣鼓巷一家酒吧内举办，来听相声的人爆满，真是对我们莫大的鼓励。

爱是什么？在不稳定、充满挑战和艰辛的北漂生活里，我们一起躺着数星星，一起饿肚子，一起做公益，一起说相声，一起奋斗。爱是力量，是依靠，是温暖，是唯一的你。

（摘自《读者》2011年第19期）

# "他乡"时代

黄桂元

在人的意识中，有些事看似寻常，却越细想越困惑、越深究越无奈。比如"故乡"，说起来令人柔肠寸断，它的境遇却日渐尴尬。过去人们总说"故土难离"，如萧乾在《一本褪色的相册》中说："改了国籍，不等于就改了民族感情；而且没有一个民族像我们这么依恋故土的。"唐代柳宗元在《钴鉧潭记》中写道："孰使予乐居夷而忘故土者，非兹潭也欤？"表面上在描述乐不思蜀，却内含思乡之情。而今，这一切已成过去，尽管诗人于坚仍认为，"除了故乡，世界的一切都是漂泊"，但洒脱、务实的现代人也只是一笑置之，不会有谁当真。

全球化时代，无数人行色匆匆，自愿离乡，大潮般涌向陌生却热闹的"他乡"。这已成常态。外面的世界很精彩，城市的一些父母为儿女出国做坚强后盾，倾囊资助，不惜将温暖之家置换为冷寂空巢。当儿女在异域乐不思蜀、毫无归意时，父母终于发现，自己给了子辈一片天空，却抽掉了他们曾立足的一方土地，使其永无还乡可能。

在乡村，"父母在，不远游"的古训早已成为乡间笑柄。在外打工的日子未必风光，但蜗居老家，不仅家人轻蔑、朋友小瞧，就连媳妇都很可能娶不上。于是走得越早，离得越远，越被高看。

我常去的一家理发店，小老板兼理发师三十岁出头，举止谦和，是个来自吉林的农家孩子。一次和他聊天，小老板说他在天津打拼了十多年，妻女都已落户本市，但他的户口还在乡下。我问他为什么，他说他名下有几亩地，转户口就要放弃，不如留着地，将来还可回乡养老。

我问他："你能回到童年吗？"小老板有些迷惑。我说："故乡就像每个人的童年，离开了就回不去了。"他点点头说："我们一家三口都适应了天津的生活，孩子更是天津生、天津长，真回老家，日子也不敢想。"他提到最近一次回乡，故乡处处冷清，过去学校有几百个学生，现在也就剩几十个，有的班只有几个，这些孩子其实也待不长。他们的父母在外打工，暂时将他们交给老人，以后也是要带走的。

当离乡成为一种主动行为，乡愁也就无关痛痒。"不要问我从哪里来，我的故乡在远方，为什么流浪，流浪远方，流浪。为了天空飞翔的小鸟……"三毛生前远游过许多地方，还曾携大胡子荷西在撒哈拉沙漠与当地土著比邻而居，她的流浪与"背井离乡"不可同日而语，常常被升华出诗意。而对于另一些人来说，乡愁已被岁月冻结。

年少的木心离开故乡乌镇到上海学习美术，而后几经辗转，远赴美国，暮年回乡，心境已大变，"在故乡，食则饭店，宿则旅馆，在古代这种事是不会有的。我恨这个家族，恨这块地方"。木心是"从中国出发，向世界流亡，千山万水，天涯海角，一直流亡到祖国、故乡"，流浪与流亡，一字不同，味道大有差别。

诗人余光中对故乡的感情则较为豁达，更多流于"纸上还乡"的仪式。他年轻时适逢战乱，"生而为闽南人、南京人，也曾自命为半个江南人、四川人", 后来"把一座陌生的城住成了家, 把一个临时地址拥抱成永久地址, 我成了想家的台北人", 遂戏称自己有九条命就好了, 其中一条留在台北老宅陪父亲和岳母, 一条专门用来旅行。

离乡大潮由此造就了一种尴尬境遇：出走的决绝与回归的无望。每个人的故乡都已模糊, 但并不妨碍大家其乐融融地哼着"常回家看看"的曲子。波兰裔社会学家齐格蒙特认为, "普遍存在的异乡人"已经成为最为深刻的全球性风景。我想补充的是, 这个风景的背后, 是人类亲手创建的辉煌的物质王国；而其代价, 是失去了安顿心灵的精神家园。

"他乡"时代, 我们和我们的后人, 注定是有居所而无故乡的"异乡人", 但我们仍需保持与故乡的联系, 接受故乡的支撑。故乡或许不再具象为现实, 却永远是连接过去与未来的灵魂栖息之处。

（摘自《今晚报》2016 年 11 月 14 日）

# 更多的泡面与更少的茶

刘洪波

关在飞机上，可以使任何一张报纸产生最大的阅读价值。有一回坐飞机从北京到武汉，抓起一份报纸，竟然连健康版都读了个底朝天，那上面的内容，包括羊水栓塞、抖腿或为病、喝水解关节疼痛、小龙虾不能吃头等。这样的内容，如果不在飞机上，我是永远不会去读的。

这报纸上有一篇文章讲方便面。先说"我国方便面消费量排名世界第一"，然后讲方便面怎么吃才"健康"。我虽然经常消费方便面，但却真不知我国拥有世界方便面销量冠军的地位，也不了解泡面要倒掉头泡的水，更不知道长期吃方便面会有营养不良、贫血、核黄素缺乏、缺锌、缺维生素 A 等后果。嗯，果然开卷有益。

在方便面消费的数量上，世界方便面协会说 2012 年全球消费了 1014 亿包，相当于全球每人吃了 12 包泡面，中国的总数是 440 亿包，接下来是印尼 141 亿包，日本 54 亿包。但以人均而言，中国是 34 包，韩国以 74 包远远领先，接下来是越南和印尼，分别为 60 包和 57 包，都为中国所不及。日本人口不到中国的十分之一，方便面消费超过中国的十分之一，平均消费量当然也多于中国。

牛顿被苹果砸到头可以发现万有引力，我看到上面这些方便面数据，隐约有一种做牛顿的冲动，觉得或许可以用"方便面指数"来衡量一下各国人民的劳碌程度，那真是坐飞机的大收获。就性价比而言，方便面很难说是一种便宜的食品。方便面的方便，是在时间紧促或者人处于旅行状态时产生的，旅行或缺少时间，就是劳碌。

不过，因为想到快餐，我又觉得用"方便面指数"衡量劳碌程度不是个好主意。若要衡量劳碌程度，应该把方便面和麦当劳、肯德基、真功夫、小吃摊、拉面馆等归入同一类去，这些都具有"节时进食"的功能。但关于"各国快餐消费量"，我没有数据。

还有一回坐飞机，不知在一张什么报的什么版上，看到"全球茶叶消费榜，喝茶最多的不是中国人"这一结论。这也是平常我无暇看到的新闻。这消息自然令人有些沮丧。古代中国有时将茶作为战略物资，甚至作为贸易制裁的武器，以为马背上的民族若无茶饮就会便秘而死。China 的来历，有瓷、秦、丝等多种因素，其中一种就是茶。由此可见，茶是多么重要的饮品。中国的茶文化真是源远流长、沦肌浃髓，现在竟然喝茶都排不上号了，实在令人不解。

根据国际茶叶委员会的数据，2011 年，世界上人均茶叶消费量最高的是土耳其，人均每年 3 公斤多，接下来是爱尔兰、英国、俄罗斯、摩洛哥、新西兰、埃及、波兰、日本、沙特阿拉伯、南非、荷兰、澳大利亚、智利、阿联酋、德国、中国香港、乌克兰，这才到中国大陆，人均每年 1 斤 1 两，排名第 19 位。亚、欧、非、美，竟都有比中国更爱饮茶的地方，实在有些出人意料。

或许这也能够让我们骄傲于茶文化的发扬光大吧，但多少还是令人有些遗憾。如果说方便面等快餐可以衡量劳碌程度，那么茶多少应该算是慢生活的材料，可以衡量悠闲程度。茶叶消费的数据，也可以表明我们失去了慢生活，中国人的生活节奏加快了。

有人可能会说，人均茶叶消费第 19 位，也很靠前啊。但与茶相似的，咖啡也是慢生活的材料，若把它也加上，中国人的慢生活消费又会排到多少，谁知道呢？例如加拿大，人均年消费茶叶排在第 20 位，达 1 斤多，但人均年消费咖啡 5.7 公斤；美国人均年消费茶叶半斤左右，人均年消费咖啡 4.2 公斤；法国人均年消费茶叶 4 两，人均年消费咖啡 5.4 公斤。中国人的咖啡消费数据缺乏，有报道称估计人均年消费 5 杯。茶和咖啡在慢生活的效用上如何换算还很难说，但若将两者合计，中国人消费的慢生活材料显然是相当靠后的。

哦，差点忘了，我们还有酒桌啊，慢生活在酒桌上消耗了。那么，再来看看世界上酒的人均消费量吧。来自世界卫生组织的数据，中国排在第 90 位，考虑到伊斯兰国家禁止饮酒所以酒类消费量普遍靠后，中国的人均酒类消费并不像一度的公款宴饮那么夸张。至于休闲旅游，这应该也是社会慢生活的指标之一，各国人均旅游天数、消费支出，谁有数据？

从方便面、快餐、茶叶、咖啡、酒类的消费，是否可以准确度量一个社会的生活节奏，是否可以衡量一个社会的劳碌或闲适程度？我想，社会节奏的加快，是会留下物质性的痕迹的，在相对位置上比较，当一个社会要吃掉更多的快餐而喝掉更少的茶叶或咖啡时，一定意味着人们更加匆忙了。乐观而言，这是在赶超先进；但另一方面，这也是人人都在支付的人生成本。

（摘自《读者》2015 年第 9 期）

# 父亲点亮的村庄

刘云芳

1

　　整个秋天，父亲都开着三轮车在田地和各家的院落间往返，好像村庄最鲜活的血液。

　　他一进村庄，留守的老人们便向一个地方聚集，他们一起给父亲倒在某个院落里的棒子剥皮，再编成一条长龙。父亲攀上颤悠悠的简易木梯，从人们手里接过这条"长龙"，把它围在一根倚着房子的长木杆上，好让风和阳光把玉米体内的湿气完全抽干。父亲终于搭好，回过头来，看着大家的目光，他一定想起三十年前，不知道这样攀爬了多少回梯子，才让一个叫作"电线"的长蛇攀上各家的房顶，垂钓着葫芦样子的灯泡。等他把电闸推上去，整个村庄被点亮，那一瞬间，人们都沸腾了。

现在，父亲已经不是电工了。几年前，电业系统调整，他这个三十年的"临时工"终于下岗了。得到这一消息的母亲很欣喜，一是五十岁的父亲再也不用爬电线杆，她再也不用跟着悬心了；二是我们家再也不用给别人搭电费了。

尽管塬上的村庄已经通了电话、修了马路，可私人煤矿一禁止，人们就像大迁移一样，先是三三两两，后来所有的劳力都转向城市。有的人家整户都走了，连学校也变成了一座空房子，留下一窝春来秋走的燕子，和一个比人头还要大一些的蜂窝。

## 2

父亲本来不想离开村庄。可眼看着村里娶媳妇的彩礼一涨再涨，为这件事，母亲已经愁白了头。张家娶媳妇，光彩礼花了八万；李家娶媳妇，彩礼送了十五万；王家本来送了十五万，可女方偏要十八万，结果婚事黄了。父亲想，他必须得给儿子攒点钱，帮他娶到媳妇。别人家有长女的都不愁，女儿出嫁时多要些彩礼，给儿子结婚打基础。我的父母跟他们不一样，不仅尊重唯一的女儿嫁到千里之外的选择，连女儿裸婚也接受了。

那一年，父亲早早把棒子收进粮仓，又把麦子种进土里，背上扛一个圆滚滚的编织袋，里边装着卷得紧紧实实的被褥、枕头。父亲从人群里挤过去，他总是不安地用手摸一摸腹部，在车厢里觉也睡不安稳——母亲在他的内裤上缝了一个小口袋，他生怕别人看透这个机关。虽然只有六百块钱，但在他看来，这已经不是小数目了。

父亲此行要去北京，在那里打工的表叔来电话说，有个地方要招两个保安，管吃管住，还给发衣服。邻村的李叔很有兴趣，一撺掇，父亲就和他一起加入了北漂的队伍。

## 3

他们按照纸上的地址多次打听，又多次转车，终于找到在医院当护工的表叔。表叔看到他们俩，眼睛都瞪大了，招保安不假，但是他们的年纪太大，明显不合适。

可既然来了，就不能轻易回去。父亲口袋里揣着电工证和高中毕业证，而他那双粗糙的手，足以证明他半生里出过的力气，不惧怕任何苦活累活。

表叔托人给他们找起了工作。零钱已经花完了，父亲把内裤上的那个口袋拆开，他原本想着来了以后就能上班，管吃管住，这些钱一时半会儿是用不上的。可每次吃饭，李叔都没有掏钱的意思，父亲只好都结了。后来他才知道，李叔的钱早已花光了。

表叔终于带来消息，说面包厂需要门卫。他们赶紧去面试，对方让父亲上班，李叔没能被录取。义气的父亲看到李叔一脸落寞的神情，当时就拒绝了："他一个人都不敢上街，我上班了，他怎么办？"

表叔因此给中间人说了很多好话，甚至生父亲的气，不愿再管他的事了。

必须得找工作，父亲鼓起勇气跟陌生人交流，浓重的乡音显然成为阻碍。他和李叔只好跟着收音机学起普通话。

眼瞅着口袋里的钱只出不进，父亲感觉花钱比掉块肉还难受。他分出二百块钱来，塞进内裤的口袋里，留着实在待不下去的时候回家用。他捍卫这二百块钱，好像在捍卫一条回家的路。

## 4

这期间，他给我打过一个电话。我所在的城市距离北京很近，我希望他来看我，或者我去看他。我问他是否需要钱，他停了一下，声音马上高亢起来，说："不用！"他说他很快就能上班了。我想象着父亲决定打电话时的犹豫，和拿起电话后捍卫尊严的那种神情。是的，父亲一直是强者，在村庄里，通过他，人们第一次认识了"电"这种东西，他当时多么受人尊重。电工的收入微薄，他一有时间就去煤窑上班，想尽办法让孩子和妻子能够穿得体面，好像一切事情他都能自己扛着。

去工地是他们最后的选择。包工头一听他们没经验，年龄还偏大，直接拒绝了。但在这里，父亲认识了一位热情的山东工友，他带着他们去工地的食堂蹭饭。那大约是父亲在北京吃得最饱的一顿饭。好几年过去了，他还在称赞那儿的包子好吃，他的言语里依旧充满感激。我想他怀念的不仅是那包子的味道，还有身在异乡时陌生人给予的温暖。

## 5

父亲总摸他那两百块钱，像念咒语一样，想着千万不能花掉。可有一次，他们被一个年轻人拦住，那人说丢了钱包，希望父亲能"借"他二十块钱。父亲犹豫了片刻，还是找出二十块钱递给了他。"你爸没社会经验，要饭要钱的大部分都是骗子，可你爸偏就相信！"这是表叔后来告诉我的。父亲自己却没觉得受骗，他站在北京的街道上跟表叔争执起来，他说："我的孩子也在外边打工，我帮他是给我的孩子积德！"

为了补上这二十块钱，父亲白天找工作，晚上捡破烂。他把瓶瓶罐罐捡回表叔本来就很小的屋子，表叔自然不高兴。他虽然嘴上答应表叔再也不去捡。可是等表叔他们睡了以后，他还是拿着手电筒出去了。即使捡破烂，竞争也很激烈，父亲总能遇到同样捡破烂的人，他们中间还有一些衣着体面的年轻人。

后来，父亲和李叔搬出表叔的出租屋，在工地认识的山东朋友让他们临时住在了工棚，这里天南地北热情的声音让父亲的北京之行感到快乐。那几天，父亲和李叔在不同的工地上辗转，终于有包工头接受了他们。可父亲很快就听到工友们的怨言，他们好久没发过工资了。可他们不想就这么回去，来北京一趟，除了花钱什么也没干。他们决定，骑驴找马，为了吃住，一边干活，一边再找更合适的工作。

# 6

没过几天，父亲就在工地门口看到了焦急的表叔。当时，母亲躺在医院里，脑出血，昏迷不醒。父亲必须离开，他从在北京的漂泊和挣扎中，一下子解脱了，心里却涌上更痛苦的滋味。父亲内裤口袋里的二百块钱终于派上了用场。

在离开之前，父亲去了先前那个工地，把自己的被子留给山东工友，只把褥子和枕头带走。他对母亲说："他的被子太薄，怎么过冬呢？"

那一天，父亲背着编织袋走进故乡小城的病房时，我从他胡楂儿浓密的脸上感到一丝陌生。母亲依旧昏迷，他第一次在众人面前拉着她的手，这是我第二次看到父亲流眼泪。第一次是在我的婚礼上。

为了照顾母亲，父亲必须回到村子里，每天做饭、喂牛，去田地里巡视，一个人承担家庭的所有重担。他已经不是电工了，有时候，忽然就有一辆三轮车或者摩托车停在家门口，某人高声喊着请父亲去看看电路有什么毛病。父亲就像许多年前一样，背起电工包，拿着他的工具，匆匆跟人上了车。母亲拖着半个身子追出去，然后跟我抱怨："也不给钱，你说他忙活个啥？"

从父亲拿着电工包走路的节奏中，我感受到了父亲的心境，这种节奏是一种被需要的节奏，是一种数十年形成习惯的节奏。对父亲来说，这些村庄的灯大约像孩子的一双双眼睛，他不允许它们看不到光明。

# 7

父亲也跟人讲起他的北京之行。他说，北京是个大城市，只要不懒惰，就能好好活着，就算捡破烂也是一个好活计。他的心依旧被那些舍予的饭菜温暖着，也被半夜里一起捡破烂的年轻人的坚韧鼓舞着。父亲说，他们遇到难事的时候，都是一个人扛着，不愿意向家里伸手，都是好样的！

父亲渐渐成了村子里最年轻的劳力。夜晚，村庄里亮的灯越来越少了。他似乎不只管他们屋子里的电，谁家的玉米收了，叫父亲开着三轮车去拉；谁家的炉子坏了，也叫父亲去修。来的都是些老人，父亲不忍心拒绝，敲打着自己酸痛的腰背，就跟着去了。我回家的那些天，发现一到节日，家里的电话就成了客服热线。不同城市的电话先后打来，有嘱咐老人吃药的，也有问候家人的，还有告知别的事情的……父亲在本子上一一记下。那个本子上的另一些页面，字迹歪歪扭扭，是半个身子瘫痪的母亲用左手一笔一画记下的。母亲说，那个时间，父亲正好不在家。

经历过北京的打工生活，父亲好像一个窥破秘密的人，他再也不把这些归来人身上的光鲜当成一种高度。他体会到他们的艰辛，尽自己的能力为他们做一些小事，为他们家里的老人买药，帮他们把粮食种进地里，把地里的庄稼收回院子。为这事，母亲没少跟他吵嚷，就连我也不止一次说他，为什么不顾自己有滑膜炎的腿。

父亲每一次都答应我们不再去了，可是当村里的老人把新扯下来的玉米皮倒进我们家的牛槽，将一把自己种的蔬菜放在我们家的篮子里，在旁边静静等父亲的回答时，我们都说不出话了，只好看父亲又一次发动三轮车，载着老人摇摇晃晃地行驶在秋收的路上。

# 8

就在 2017 年冬天，一场大雪把山里的公路给阻断了。大年三十，父亲把村子里的手电凑齐了，装进那个已经缝过好几次的电工包里，他拿着它们去迎接一群终于回家的人。清冷的夜里，背着大包小包的人看着父亲踩着积雪一步一个脚印地往前走，出现在盘山道上。父亲说，那一刻，他听到了人们的欢呼，他们仿佛看到了最亲的人。

春节过后，人们同父亲一起，把村里的所有道路修通，然后就各自上路。父亲去送他们回来，手里抓着好几把钥匙。村里好几户人把自己的家托付给父亲，希望他在夏天的时候看看有没有漏雨，时不时给他们的屋子透透风。

我总想象着，某一个冬天，我们村所在的那个塬沉入雪里。父亲轻轻用一把钥匙将铁锁唤醒，推开不同的门，把每一户的灯光点亮，然后拿着手电筒，去往迎接归乡人的路上。我知道，他不仅得到了一把把象征信任的钥匙，还开启了一颗颗漂泊在他乡的心。

（摘自《文苑》2018 年第 7 期）

# 青春珍贵

刘慈欣

曾看过一篇很短的科幻小说，题目忘了，说有这样一个时代，两个人之间可以借助某种技术，交换包括全部记忆在内的完整人格。但为了保证社会公平，法律规定，财产所有权只认人的身体而不认他（她）所拥有的人格。这一时期，人们发现富豪们普遍得了一种奇怪的病，他们被称为"人格寄存者"，他们每个人所拥有的人格频繁切换。

小说的主人公是一个 50 多岁的富豪，他平均每天换一种人格，并为此痛苦不已。发生这种事情的原因很简单：这个时代的年轻"屌丝"都有一个梦想——能够与一个大富豪交换人格，而许多年长的富豪也愿意以自己的全部财富为代价再获青春。

但几乎每一个与富豪交换人格的年轻人很快就后悔了，他们会立刻与另外一个年轻人做人格交换，再换回一个年轻的身体。据统计，这种反悔后再交换的间隔平均不到一天时间，于是这些年长的富豪所拥有的人格频繁切换，像一个人格寄存器一样。

我对这篇小说的感觉一般，感兴趣的是人们对这种事情的看法。小说有深意的地方在于作者没有把主人公设定为一个八九十岁的老头，而是一个50多岁的男人，身体健康，精力充沛，他这时抛弃自己拥有的巨额财富，仅仅为了再获青春，这可能吗？我调查的结果在预料之中，年轻人一般都认为这篇小说不真实，他们大多认为这种交换很值，换了自己也不会后悔，有时还会反问一句："为什么不呢？"但50多岁的男人们大都认同这个故事的设定。

所以，青春的珍贵，只有失去它的人才能体会。

一位医生朋友说，这个故事中交换者双方的感觉，关键在于"突变"，或者说"切换"。一个人随着流逝的岁月渐渐走到50多岁，他（她）大概还不能深切体会到青春的流逝；但如果一个人瞬间从20多岁切换到50多岁，再切换回去，那他（她）对衰老的感觉将铭心刻骨，"就像大病一场一样"，即使这个50多岁的人像那个富豪一样身体健康、精力充沛，结果也一样。

但青春的真正珍贵之处还在于对世界的感觉，在青春的眼睛中，世界是最美妙的。之前的童年和少年对世界充满了好奇，但还没有足够的知识和经历去感受世界的美妙；而步入中年后，世界就像你长期居住的房间，即使装修得再华丽，每天都看，也麻木了。

我在一个偏僻的山区工作了近30年，记得当初来报到的那天，我对周围那些高耸的山峰充满了向往和激情，当天下午就爬上了其中一座，那座山几乎没有路，我的衣服都让荆棘划破了。我决定以后每个星期爬上周围一座新的山峰。后来工作忙了起来，我就安慰自己，我可能要在这里度过一生，有的是时间去登那些山。现在，我永远离开了那里。走的那天，当列车开动时，我悲哀地发现在过去的29年中，自己再也没有爬过这里的第二座山。而当年那个年轻的我，在舟车劳顿后的那个炎热的下午，居然有兴致和精力去登上那样一座没有路的陌生的山峰，无论从理智上还是精神上，现在的我都百思不得其解。

　　回到那篇科幻小说，小说的结尾，又换到一个年轻身体的主人公坐在公园里，他一贫如洗，饥肠辘辘，却沉浸在从未有过的幸福中。他庆幸在一场人生的击鼓传花中及时把花丢给了下家。他由衷地对自己说："年轻真好！"

　　　　　　　　　　　　　　　（摘自《青年博览》2016 年第 18 期）

# 没有好工作，只有好好工作

张立宪

"我发现，有一个字眼这几年快从人们的嘴里消失了，就是'好工作'。"这句话不是我说的，是罗振宇说的。

11 年前我开始捣鼓《读库》，在很长一段时间内，我抱的心态是"再坏又能怎样""打不过就跑"。是啊，即便《读库》办不下去了也没关系，首先咱能赔得起，其次我还能活下去。

怎么活下去呢？

要知道，我在传媒界人缘不错，即使不做《读库》，也能找到别的活儿干。

比如，我可以去给在 CCTV 工作的老哥们儿打工，虽然不会拍片子，但我会写稿子啊。即使稿子写得不咋样，但央视家大业大，我完全可以混口饭吃。

几年之后，我那个老哥们儿从央视辞职。

8 年前，一位博士加入读库小团队。我一直把她当成临时工，希望能将其"赶走"。我一再表示："你爸爸妈妈支持你读了博士，肯定不是为了让你做这么一份东跑西颠、连办公室也没有的工作。"我打的如意算盘是，等她的编辑业务能力再强些，只要她开口说走，我就把她推荐到经营状况好又稳定的媒体工作。

我给她瞄准的工作目标是当时如日中天的《京华时报》，想拜托的人曾经是我的小兄弟。

2017 年元旦，创刊 15 年的《京华时报》停刊，那个我曾想求助的兄弟另谋出路。

良禽择木而栖，但现在所有的树木都是速朽的。我们一直希望可以寄身某个单位、某个机构，但这种依附关系已经靠不住了。

罗振宇老师认为，所谓的好工作是农耕文明思维——自己的所作所为是为了一个明确的目标：有十几亩地就踏实了，四环内有套房子就跻身中等收入了……得到与拥有，是人们的奋斗目标。但是在工业文明和技术爆炸的时代，这些都是不确定的。

是啊，已经没有所谓的铁饭碗了。就像我这两年一直喜欢举的例子：2013 年的十大高需求工作，在 2004 年都尚未出现。

这就意味着，我们现在是在为还不存在的工作教育我们的学生，他们将使用我们目前还没有发明出来的技术，去解决我们现在还不知道是什么的问题。

我觉得比罗振宇老师所说的这种农耕文明思维更要命的，是我们所谓的成功观：找一份好工作，骨子里图的是恨不得可以不工作。

"四体不勤""一屋不扫"，才是某些人心目中的好日子；所谓勤劳勇敢，只不过是为稻粱谋的无奈之举，但凡有点儿可能，他们就想办法让别人去勤劳勇敢。

这种观念该变变了。影片《人类消失之后》预言，要是没了人类，不出几年，城市就会坍塌，25年后，道路和广场都会被植被覆盖。

就像房子一样，没有智力、体力活动和信息流动，不创造价值，人的肉体和灵魂会迅速荒芜。

动画片《疯狂原始人》中，女儿对爸爸说："你那不叫'活着'，只能说是'没有死去'。"

所以，请抛弃对少量知识、些许才华的极度自信。抛弃对微小成功的极度迷恋。

没有好工作，那就好好工作吧。

（摘自《幸福》 2018 年 13 期）

# 致　谢

　　早春三月，北国大地上虽然还没有呈现出"春暖花开，柳絮飘飞"的景象，但晨曦中南来北往的沸腾人流却能让人感觉到春潮的阵阵涌动。新的生活就在此间进发，返校、返城、返队、返程的人们怀揣着新的梦想，迈开新的步伐，向着明媚的春天出发。而此刻的我们也正是这沸腾人流中的一员，开启了我们新的征程。

　　今年我们将喜迎共和国的 70 华诞。这是一个让人感受温暖与幸福的时刻，作为一名出版人，从去年开始我们就想以出版人的独特方式来表达对伟大祖国的真诚赞美和衷心祝福，为此特意策划了《读者丛书·国家记忆读本》。这是继《社会主义核心价值观读本》《中国梦读本》成功出版发行之后，甘肃人民出版社策划的第三辑"读者丛书"。丛书以时代为主线，以与人民最密切相关的衣食住行等生活变迁为切入点，以朴素而温情的独特记忆去回望和见证共和国 70 年的历史风云、发展变迁，让读者既能重温共和国成立初期虽然物质匮乏但理想崇高的激情岁月，又能感受到改革开放的春天到来以后，祖国大地生机盎然、蓬勃向上的巨大变化，更能体会到新时代以来追梦路上人民的新气象和新面貌。

和以往出版的两辑读者丛书一样，《国家记忆读本》在策划、编辑出版过程中，得到了中共甘肃省委宣传部、甘肃省新闻出版局以及读者出版集团、读者杂志社等多方的指导和帮助，在此深表谢意！与此同时，丛书的编选也得到了绝大多数作者的理解和支持，他们对作品的授权选编和对丛书的一致认可使我们消除了后顾之忧，对此我们表示诚挚的谢意！虽然我们尽力想把工作做得更细致更扎实些，但因为种种原因依然未能联系到部分作者，对此我们深表歉意，也请这些作者见到图书后与我们联系。我们的联系方式是：甘肃人民出版社（甘肃省兰州市读者大道 568 号，730030，联系人：张菁，15719333025）。

在这春潮涌动、春天的脚步越来越近的时刻，《读者丛书·国家记忆读本》的出版发行，既是我们送给祖国母亲 70 华诞的一份献礼，也是我们出版人和读者人的一份责任与担当。我们带着对祖国母亲的祝福在新的一年里出发，追寻更加精彩纷呈的人生，迎接春的到来！

读者丛书编辑组

2019 年 3 月